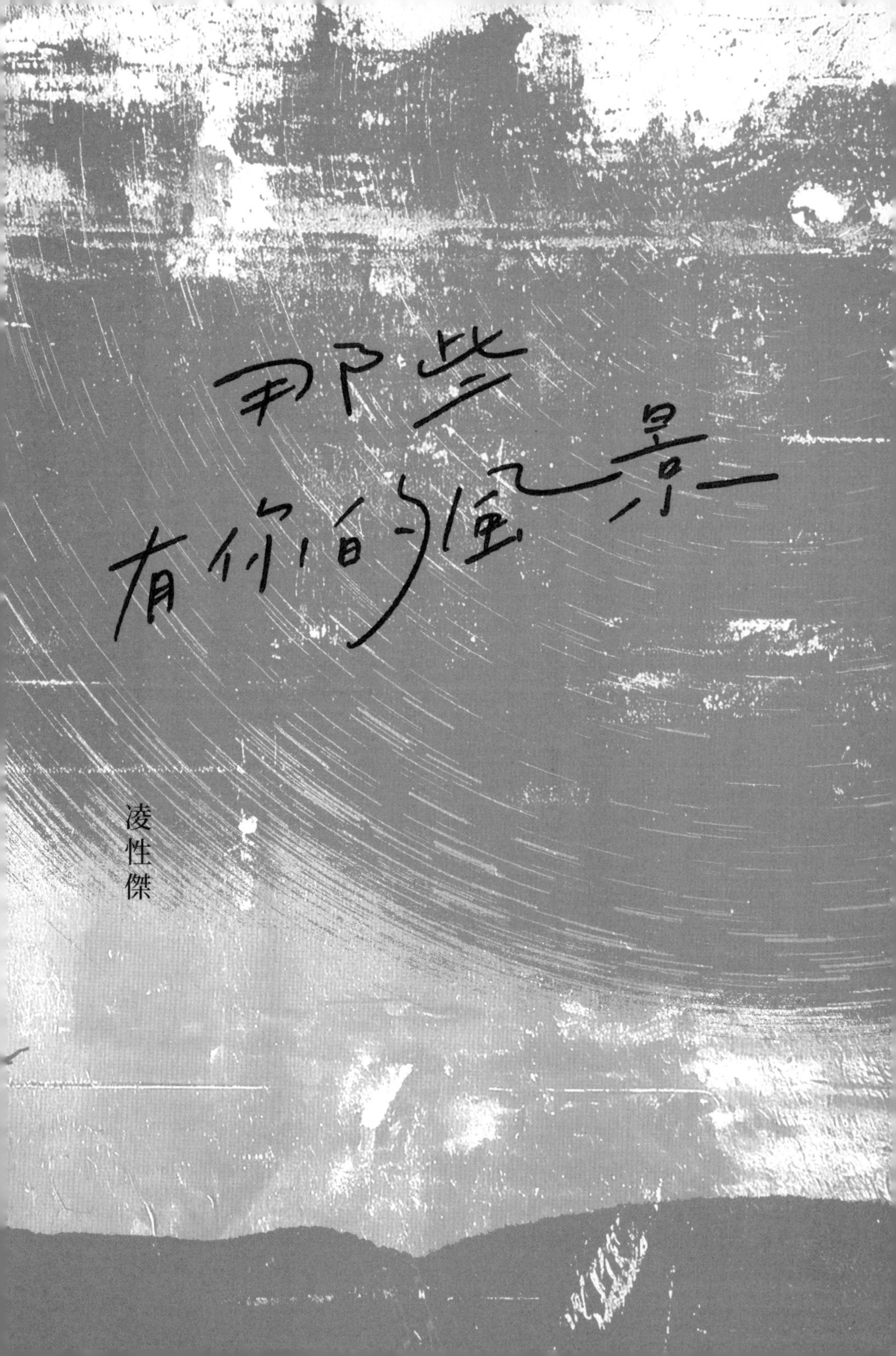

那些有你的風景

凌性傑

目次

卷三

記憶所繫之處

卷四

一起

【附錄】與石曉楓的「文學相對論」

【自序】心裡的遍路

「人生即遍路」，總在為了某些事情用盡力氣之後，我想起俳句詩人種田山頭火的這個句子。

種田山頭火（一八八二—一九四〇），本名種田正一，出生於山口縣的富裕地主之家。他幼年時遭逢母親自殺，造成一輩子的陰影。二十歲那年，山頭火進入早稻田大學文學系就讀，兩年後因酒癮及精神耗弱退學。退學回家後的這段時間，他的父親投資失利，開始變賣田產，從此舉債度日。家庭經濟由盛轉衰，山頭火娶妻生子後又離家、離婚，一度浪遊於東京。生活困頓，他只能藉由酒精麻痺自己，往往喝到泥醉。一九二四年，酒醉後的山頭火，正面跳向一列正要開過來的火車，所幸火車在前方不遠處剎車停下，這才得以大難不死。這事情其實還有另一種說法，就是自殺未遂。幸虧在朋友幫助之下，山頭火寄身於曹洞宗的報恩寺，受到住持望月義庵的照顧，漸漸找到安頓生命的方式。山頭火後來便在報恩寺剃度出家，成為行乞僧人。他隻影前行，漫步人生路，憑著一杖、一笠、一缽展開雲遊，足跡遍及九州、山陰、山陽、四國，亦完成四國八十八所的遍路參拜。一九四〇年，五十八歲的種田山頭火逝世於松山市一草庵。

一直在路上修行的山頭火，曾在書信中寫道：「我只有一個人繼續蹣跚走我一個人的道路。」對他來說，活著的意義就是寫俳句，俳句就是他的生活。山頭火日記中提到，最渴求的願望只有兩個：「其一是真正寫出屬於自己的俳句。另一則是迅速往生，即使生病也不會痛苦很久，不會麻煩到別人。」一路向生命的終極意義堅定走去，這大概也是一種步行禪。閱讀山頭火的生平與俳句，我直覺聯想到電影《非誠勿擾》出現過的對話：「活著就是一種修行。」遍路人生的修行法門無他，唯有一步一步走下去，並且當心腳下。

為什麼說人生即遍路呢？遍路一詞，要從四國出身的弘法大師空海說起。

空海俗名佐伯真魚，七七四年生於讚岐國（今四國的香川縣）。八〇四年，他登上遣唐船，隨遣唐使入唐求法。空海胸懷大志，一心尋訪名師，最後來到長安青龍寺，受業於惠果大師，繼承密宗嫡傳法脈。八〇六年，空海在大唐留學告一段落，帶回祕法心要與珍貴典籍，從此在日本開宗立派。他的學說以《大日經》、《金剛頂經》為主要依據，修行法門重視念誦真言（咒語），故稱為「真言宗」。

遍路的意思是巡禮、參拜、朝聖，原是日本真言宗的修行方式之一。四國遍路是一條日本的古老朝聖路線，從空海大師以來，至今已有一千兩百年歷史。這條環島路線總長約一千四百公里，參拜行程跨越四個古國：阿波、土佐、伊予、讚岐（即今之德島縣、高知縣、愛媛縣、香川縣）。全程徒步行走，最快大約需要四十五天時間才能走完。空海大師四十二歲時，為了消解世人的災厄，巡遊四國各地佈教。與弘法大師空海佈教有淵源的八十八所靈場（寺院），稱為四國八十八所。發心遍路者可以依寺院番號次序參拜，也可以反方向逆序參拜，不照次序來當然也行，端看個人意願。從番號第一所的靈山寺依次走到第八十八所的大窪寺，其歷程分別代表「發心」、「修行」、「菩提」、「涅槃」四個修行階段。遍路者的草笠、香袋、金剛杖上，均標記著「同行二人」四字。金剛杖代表空海大師的化身，意謂遍路者不是孤伶伶的一個人，艱辛的修行路上一直都有空海大師相伴，所以上面寫著「同行二人」。

一千兩百年來，無數僧侶、信眾來到四國，追隨弘法大師的足跡。到了現代，四國遍路早已不只是佛教徒的修行之路，這條路線還廣受健行者與觀光客的喜愛。不分種族、性別、宗教，踏上遍路之旅，或許每個人目的不同，但其中或多或少有一種神聖的暗示——透過長時間的步行來探問自我，暫時遠離世俗功利的算計，滌淨自己的執念，獲得清明的智慧。為了鍛鍊體魄、沉澱心靈也好，為了消除悔愧、發願祈福也罷，這樣的巡禮大概也是修復、再造自我的路程。傳統的遍路是全程徒步，但後來也發展出單車騎行、搭公車電車、甚至包車這些模式完成遍路。騎單車遍路至少要十二天，開車大概也要十天左右。有旅遊業者推出遍路套裝行程，這對時間有限或行動不那麼方便的人來說，也是一件好事。

朋友跟我說起，有信念的四國遍路者偶然相遇時，彼此有一個心照不宣的默契：不要過問對方踏上這條遍路的理由。走上遍路，是信念的落實，也是個人儀式的開始。所謂信念，從來不會是坦途，很難輕鬆了事。起心動念要完成遍路，大概有強烈的自我鞭策作用。想必是靈魂受到敲打，才做出不得不出發的決定。上路之時或許還懷著祕不可說的罪孽，又或者是背負著深切懺悔，這一切一切的答案，自己不見得都說得清楚，問了只是徒增尷尬，有緣走在同一條路上，又何必苦苦追問。

就像有人喜歡問，為什麼寫散文，為什麼不多寫，為什麼寫這個不寫那個……？面對這些問題，我只能微笑著不說話。有一些不太懂分寸的熟人（真的只是熟人而非朋友），對我過日子的方式很有意見，並且以揣測別人的生活為樂。跟這樣的人講話心容易累，話題談不下去了，我往往選擇迴避，心思再次繞路遠走。

為什麼想去四國遍路，跟為什麼要寫散文的問題很像。路就在那裡，走不走得出去都是自己的事。想做就去做是一種自由，因為有得選擇。選擇之後要去承擔形式與束縛，似乎又不那麼自由了。

知道四國遍路的訊息之後，我一直想像著身穿白衣、頭戴草笠、持金剛杖的自己，走在一片靜默之中。只是不知道為什麼，這份念想始終沒有付諸行動。而心裡的曲曲折折，早就成為我的精神遍路。這心裡的遍路，既無現實的風吹日曬雨淋，也沒有耗費半點體力，但我總覺得想多了就有點疲累。某個週末午後，我與友人在西門町閒逛，邊走邊聊四國遍路的事。朋友突然說想去附近拜拜，遂一起進了天后宮。在供奉媽祖的天后宮，赫然發現有空海大師塑像，心頭震動不已。媽祖跟空海大師同在一座廟宇中受到信徒供奉，本土道教與日本佛教在此交會融合，這歷史緣由太過錯綜複雜，王曉鈴《從弘法寺到天后宮：走訪日治時期臺北朝聖之路》已經有完整的考察紀錄。此後，每當我鬱結難解，就會去西門町天后宮拜媽祖，在空海大師跟前說說話，就當是走了一趟遍路。而真正的遍路行程，還停留在設想之中。

佛教用語中有一個美麗的詞彙叫「雲水」，用來稱呼出家人。雲水僧也叫雲遊僧，遊歷四方的僧人彷彿行雲漂浮不定，彷彿流水自在無礙。關於雲和水的聯想太多了，我喜歡蘇東坡用行雲流水來比喻寫文章的狀態，神思該怎麼流動就怎麼流動，該怎麼停止就怎麼停止。在文字裡跋涉，我期待達到這種境界，即使耗盡力氣卻又看似毫不費力。看遍了水去雲回，那就再看看自己被歲月催逼洗磨之後還剩下多少真心。

寫散文這件事，也像是我心裡的遍路。心裡的遍路何其尷尬，明明發願要把四國八十八所走遍，結果卻是先去了其他地方。更有一種灰心的狀態，計畫中想寫的都沒寫好，寫出來的都是無可挽回的失落。也幸好有這心裡的遍路，讓失去成為一門藝術。

書寫時我相信，先安頓好自己的生活與心情，才能安頓好散文。知道一切事物有個盡頭在那裡，讓我寫散文時更無後顧之憂。曾經交會過的，我不一定都願意記得。不再往來的人，我會在心裡的遍路上跟他們鄭重告別，甚至感嘆這場告別是不是來得太晚。被醜惡的人事弄到心累的時候，還好有張國榮〈沉默是金〉提供慰藉與箴言：「是錯永不對真永是真」、「繼續行灑脫地做人」。灑脫而不冒犯他人，敢於拒絕他人的冒犯及傷害，那正是我要的。

動身去澎湖花火節之前，先在自己任教的學校看了一場小型煙火。第七十六屆學生畢業典禮當晚，我看著煙花亂飛，火光出現又熄滅，一個階段已經完成，新的階段正要開始，有些人後會有期，有些人此生不必再相見。遂在手機裡寫下幾句廢話：「一起懷念吧。下次見面就是下次了，聊起過去就是過去了，現在已經開始懷念了。」在每一個當下，提醒自己回到當下，當然也是廢話。但這廢話裡有豁達，不擔憂未來，不懊悔過去，自由就在這樣的心境裡。

也許值得慶幸，已經永遠失去的那些人事物，在我心裡有另一個意義：與之相遇又分離其實並未真正失去什麼，而是藉由這諸多經歷，一起交融在生命的總和之中。

生命的總和是什麼？我不是太明白。只知道渺小脆弱如我，已經參與在這個無比開闊的總和裡。

二〇二四年七月十日誌於北海道旅次

卷一

失去的藝術

失去的藝術

1.

失去有兩種，一種主動的，一種被動的。

這幾年，失去什麼之後感到習慣甚至自得，可能是一項不得不做的功課。帶有輕微囤積症頭的我，一向很擔心擁有之物無緣無故消失。大約是在進入青春期的時候，這種症狀漸漸黏附著我，像是甩脫不了的一枚護身符。

擁有之物是我的延伸，它們占有的一席之地，給了我安心的理由。老家書房的小鐵盒裡，收藏了看電影的票券、出國旅行時的登機證、升大學考試貼有相片的准考證……另外還有幾個紙箱收納著相簿、信件和日記本，存放在陰暗的角落裡。更龐大、更具有重量的是四個特別訂製書櫃，高度與天花板等齊，我從國中開始累積的書籍與物件，早就填滿了這些書櫃。滿出來之後，流溢到床頭、地板上。我不時為它們疏通河道，看著流向的轉變，甘心做一個書奴。

我手邊有一套韋力的《得書記》、《失書記》。這套書封面清奇典雅，內頁也做得細緻。我很認同韋力說的，得與失全在人心，得不到的都是最好的。「得到與失去，對於一個藏書主體來說，都是實實在在的有與無。」我很想補充一句，已經失去的也都是最好的。韋力購置圖書，近似於庋藏古董，那些書籍的價格是我碰不起的。我擁有的那些書，即使是絕版品，也很難賣得好價錢，即使送去二手書店都不見得會被接受。再說，我根本捨不得這些書離我而去。

藏書過多乃至成為干擾，是我這類收書人的噩夢。我不想說自己是愛書人，深怕褻瀆了那個愛字。

囤積這些物件，大抵源於內心惶然與匱缺。

囤積行為，也確實影響了我的日常生活與人際關係。

某次因為這些物件而爭執痛哭，我開始想像，一種失去的藝術。

從來都了然於心，我的變成不是我的，或者是和重要的人告別，總是令我焦慮難耐。也許是童年陰影太過鮮明了，那些威脅的語句簡直是核爆——再這樣就丟掉你的玩具，再怎樣就撕毀砸碎那些東西。

物件的失落、毀壞，對一個孩童來說，其實是原本可以信任的世界在一瞬間崩裂。那同時也意味著，自我與世界的連結是這麼脆弱，往往一擊就碎。

從事教職工作，夏天常常意味著某些關係的終始。修業式就是一項完成與告別的證明。一個學年過去了，重新分班、學生畢業離校，某些相處過的證據就這麼層層堆疊著。

我有一個書櫃專門收容課表、卡片、紀念冊，它們材質厚薄不一，宛如地層沉積。

直到二〇一八年春天，朋友G帶著所有恩怨永遠離開了。我開始著手清理書籍雜物，以及心頭的疾患。

2.

把花蓮的房子賣掉那年，新居的空間不敷使用，我於是將幾百本藏書寄存在朋友G那裡。台東、花蓮六年的生活記憶，幾乎在那些書裡了。

花蓮的家居鄰近美崙田徑場，把落地窗打開就有好風吹來。原屋主把客房隔間打掉，我買下之後覺得應該要擋住有時過強的風勢，便重新規畫室內格局。最簡便的方式就是立一面書牆，書牆兩面敞開，既可以滿足我存放書籍的需求，又可以讓過於空曠的客廳有了隔間。書牆後面成為客房，我將沙發床放在裡面，可以招待親友過夜。偶爾蜷縮在客房一角讀書，幾乎可以忘了自己是誰。

G偶爾會找我聊聊他的生活，也會說一些閱讀的心得。他談村上春樹、威士忌、咖啡，還有過日子的方式，好像是另一個平行時空裡的事。搬離花蓮以後，我們漸漸不通音信。唯一的連結，竟是那批託他保管的書。

四年前分別收到好幾位朋友通知，在各地舊書店與網路上買到不少我的藏書，貼藏書票、蓋有藏書章或做了眉批筆記的。市面上一時流出這麼多有主人印記的書，他們頗覺可疑，提醒我要注意。後來我也沒有問G怎麼回事，想也知道，那批書全部換成了錢。

秦瓊賣馬的心情我懂，我不懂的是，秦瓊賣的如果是朋友的馬……

多年後再次聽到G的消息，他已經因為車禍離世。

他當下的住處，離我住的地方不到十公里。我沒有去參加告別式，很快地，他就化成輕煙，永遠消失了。

我暗自覺得，幸好有那麼一批書可供變現，成為生活的資糧。也幸好當時沒有責問，彼此之間僅存的情分並未磨損。至於飄零於二手書店的那些書，或許會找到比我更好的人，給予它們更適合的存在空間。

當春天走到盡頭，我把一些書籍物品的清單列出來，可以丟棄就丟棄，可以送人就送人，可以變賣就變賣。但這過程頗為艱辛，畢竟這場斷與捨是自主決定的。封箱寄出之前，心中百般猶疑，棄與不棄之間的掙扎，才是最令自己難受的。

這屆（七十屆）學生畢業前，我將自己喜歡的三四百本書放在兩班班級書櫃，告訴他們意者自取。他們拿得開心，我也高興。書櫃上沒有但我手邊有的，也可以儘管問我要。

同樣是在這個夏天，我的學生大H小H兩兄弟告訴我，即將從台灣的大學休學，隨著家人前往俄羅斯生活。小H在網路群組裡面詢問，有哪些中文書適合帶出國慢慢看？我立即回應，會幫他們兄弟挑選一些我喜愛的書，讓他們帶出國。這次沒有絲毫猶豫，而是挑選自己最鍾愛的，裝了滿滿一箱宅配過去。

我在失去之中，漸漸發現了喜悅與祝福。

經歷了這些轉變，最困難的仍然是，怎樣清理自己的心。具體的物件還好處理，腦海中的痛苦不快是那麼糾結頑強，纏縛不去。無法清理的時候，我就飛出去旅行，在旅行過程裡拋開原本加諸我身上的一切。

旅途中偶爾回憶過去，那些自己曾經擁有的日子，如果換一種說法，其實就是已經失去的日子。

失去並不可惜，具備美好形式的失去也可以視為一種行動藝術。

3.

二〇一七年讀了野々村馨的《雲水一年：行住坐臥永平寺》，遂想去永平寺走走。結束（不自願）暑期輔導課之後，立刻飛往北陸，先在金澤玩了幾天再去福井。刻意在二〇一八年八月二十日這天去永平寺，為的是第三十回的永平寺燈籠流。

野々村馨放棄了世俗生活的一切，選擇在以苦修聞名的永平寺出家，為期一年。他將這一年的生活細節記錄成書，我似乎可以懂得，在那樣的情境裡，一呼一吸、行走坐臥都是修行。他說自己從中學到的，「是肯定過去一切事物的勇氣，以及珍惜活著當下——未來所由生的現在——的喜悅」、「我想那些記憶如果能夠繼續存在身體某個角落，或許在將來一次號哭或是絕望想死的時候突然被呼喚出來就好了。」

我很能領會，想要嚎哭、絕望想死的經驗是怎麼一回事。

二〇一六、二〇一七這兩年的七月，我接連失去兩位親愛的人。她們離開這個世界的時候，我剛好都在京都。噩耗飄洋過海而來，浮現在手機螢幕，我只能默默流淚，然後迎著陽光或雨水，走路去寺院裡坐著，抄經迴向給她們。

永平寺建築規模甚偉，在福井空寂的山間顯得很有氣勢。寺院入口的石柱刻著這樣的字句：「杓底一殘水，汲流千億人」。永平寺是日本曹洞宗的總本山，創立者是道元禪師。宋寧宗嘉定年間，道元到中國求法，接受如淨禪師的教導，回到日本後提倡只管打坐的禪風。他所傳的禪，是正法眼藏的佛法。據說道元禪師每次取水使用，總會留下一些杓底殘水，然後倒回谷中溪流。弟子看了覺得疑惑，問他為什麼。道元禪師回答，倒回山谷的殘水，是要給將來的子孫們用的。

子孫指的或許是一切眾生吧。心中有千億眾生，執念於是可以輕輕放下了。倒回殘水之際，眾生不在他眼前，在他慈悲的心裡。

這份慈悲與智慧，正是我惦念的人用生命告訴我的。

這樣一想，在現實生活中失去的人，其實並未真正失去。那些慈悲的殘水，歸返有情天地，化作堂堂溪水流到我的眼前。

我從野々村馨的敘述裡知道，永平寺的總門叫做龍門。龍門的意思是，只要躍入佛法的大海，小魚也會即刻成龍。有志修行者通過此門，立即變為龍。走出這道門時，又會回復為一條魚。他說：「現在乃過去之產物一樣，未來也是現在的產物。」

走出永平寺的時候，陽光仍然熾烈。我查了公車時刻，應該可以趕上永平寺盂蘭盆節的燈籠流活動。於是搭車前往九頭龍河畔，參加放水燈儀式。還沒抵達會場，就先聞到燒烤氣味，聽見攤販的叫賣聲。從中午到放水燈之前，有一系列的歌舞表演。永平寺燈籠流是日本夜景遺產，現場的「川施食法要」特定席位，可以近距離參與法會，但席位往往在七月中以前就會售罄。

現場販售的水燈有兩種，用來許願的一盞一千日圓，供養祖先的一盞一千五日圓。這天晚上大概會流放一萬盞燈籠。我在燈籠紙上寫了願望，也寫了想要供養的幾個名字。法會隆重但不嚴肅，誦經完畢就開始施放水燈。放水燈的人臉上有幸福的神色，燈籠慢慢地布滿河面，在黑暗中漂浮。

儀式的尾聲，是天空裡連發的煙火。煙火放完，夏天也就到此為止了。

到此為止了，花火年復一年地定期燦爛，河水繼續流淌。我可以帶著自己想要的記憶往前走，扛負所要扛負的，卸下應該卸下的，這樣就已經很好了。

寫字的力量

七夕燠熱無風，我讀著簡媜與李惠綿對談生死的文字，不禁愴然。李惠綿提到：「我並非戰場上的常勝兵，潛意識對形殘命運總是不能釋懷，不免有輕生的意念與行動。」「年初有一場奇異的夢境，不是拄杖行走，不是電動輪椅，而是回到童年的匍匐，我想去投海。」夢與現實常常互涉，某些事情想久了，可能也就成真的了。形體既是生命的居所，但也可能是靈魂的牢籠。喜悅與疼痛，盡在其中。我們總也無法預知，它什麼時候會磨損殘破乃至報廢。簡媜回應李惠綿：「有時只有死能戰勝死，有時唯有生才能戰勝死。《楚辭》已成，屈原可去；《史記》未就，司馬遷必須生。」

這兩年頗多懷疑，求生與求死，有時竟只是個人意志的張揚而已嗎？關於怎麼活下去，選擇的自由又有多少？

袁枚說得豁達：「七十猶栽樹，旁人莫笑癡。古來雖有死，好在不先知。」在古代文學家裡，袁枚活得夠久，也夠幸福了。可以笑看生死，說不定是他身體向來勇健的緣故。

讀完簡媜與李惠綿的對談，我敲打著訊息，跟八塊肌猛男Y說，「很榮幸認識你」。那是文章裡讓我最動容的一句話。人跟人的相遇，要怎樣才能成就這樣的榮幸？要怎樣才能夠在得失之間、在與不在之間，長存這份榮幸之感？這幾年我失去一些人，或許因為永遠失去了，當下與過去變得很親密，有時甚至覺得並非置身當下，臉部肌肉開始失調，一時笑淚盈懷。

青春飛揚的Y說，他告訴自己：「務必對朋友重情重義，必要時絕對不要省下淚水。」大概也就是這樣的心情了吧。我是這樣想的，無從選擇的命運交會之際，更能看出一個人的品格或品質。

更晚一些，H傳來訊息，問我：「得知好友離開人世，你會怎麼做？」

我說：「大哭一場。好好寫一篇文章送給他吧。」盡量去記得彼此的溫暖相遇。人生一場，他需要你好好記得。然而，往後的往後，這也是只能自己記住的事了。

或許，六十六屆畢業的Y與六十八屆畢業的H，未來可能會再發個訊息來：「懷念一個人的時候，你會怎麼做？」

誰知道呢？

或許就像現在這樣吧，懷念金澤內灘海岸的晚風潮水、夕陽與輪船。想念那樣的遼闊洶湧，濃雲背後我能感覺到有一大片星光。

我的白色小馬——
想起那一年，我的二十四歲

白色小馬般的年齡。
綠髮的樹般的年齡。
微笑的果實般的年齡。
海燕的翅膀般的年齡。

可是啊，
小馬被飼以有毒的荊棘，
樹被施以無情的斧斤，
果實被害於昆蟲的口器，

海燕被射落在泥沼裡。

Y. H. 你在哪裡？

Y. H. 你在哪裡？

——楊喚，〈二十四歲〉

十二歲那年，在國中課本認識楊喚的〈夏夜〉。他的夏夜歷久不衰，影響了無數國中學生的十二歲。十二歲邁入青春期，憂鬱肥滿如貓，臉上大量噴發痘痘的我，一心嚮往著二十四歲。想像著那時就是完整的大人，再也不用被升學體制圈養，可以為自己負責，為自己做決定了。

讀完〈夏夜〉的童言童語，童年似乎宣告結束，青春順勢開啟。彷彿是在補充講義或是參考書裡的閱讀測驗，讀到了這首〈二十四歲〉。從此一直記得楊喚的描述，二十四歲是白色小馬般的年紀，可是被現實飼以有毒的荊棘。國中時期讀〈二十四歲〉，只關注到第一節乾淨美好的意象，無法體會往後歲月真像第二節的開始，充斥著受苦過才能明瞭的「可是啊」。年紀太小，絲毫未曾察覺這些不受歡迎的「可是」，或許才是人生的常態。也不懂得詩的密碼——Y.H.其實是詩人的姓名縮寫，還以為是某個情人的代稱，於是很任性地把這首作品理解成告白詩。更加不懂的是，「你在哪裡？」又是個怎樣神奇的問題，為什麼要連續問兩次？

想起二十四歲那一年，除了問自己「你在哪裡？」，還得面臨將往哪裡去的問題。我二十四歲的開端，是一場師範生必須完成的十日教育旅行，主要行程是環島遊覽並且參觀教學現場。旅途中，集滿五所高中職、國中的教學觀摩點數，是取得教育實習學分的必備條件。我們班的行程規畫是由北而南、自西向東，逆時針方向繞台灣一圈。十天旅途最後一夜，住宿在棲蘭山莊。

此後間隔二十多年，沒再去過棲蘭，心裡卻一直銘記那些林蔭與曲折山徑。棲蘭森林遊樂區裡，巨木遮蔽天空，一片蓊鬱茂密。園區內的原始林，多為樹齡數百年甚至千年以上的神木，台灣扁柏和原生紅檜在此成群地拔高生長。中國歷代神木園區內，則為巨木冠上古代人物的姓名，它們名叫孔子、司馬遷、唐太宗、武則天、楊貴妃……我想，這會不會太多事了？一棵樹不管有沒有名字，它總會在命運裡慢慢地成熟，盡力地舒展自己。

大學時期，憑著每週至少跑三次五千公尺的鍛鍊，快步穿梭林間並不太耗費體力。那大概也是體態與外貌最好的時候了，常常驕傲地拒絕他人的善意，活在極度自以為的世界裡。或許因為太過驕傲，常常用毀壞、擊碎的方式去對待感情，殊不知修補、修復才是最珍貴的感情技術。初冬時節走在棲蘭森林，身體微微發汗，尖銳的自我被輕輕聚攏的霧氣包裹著，幾乎看不見路的時候，我問自己為什麼在這裡。參觀學校的行程已經終了，這場畢業旅行即將成為過去，心裡隱約浮動著一團迷霧，遮住了來路與去向。始終無法解決的問題是：真的已經準備好，要當一個中學老師了嗎？

許多年後，我也問了實習生同樣的問題。實習生在我的任教班短暫見習一個月，見習結束之前，我讓他自由選擇教學演示的內容，上台進行試教。他那節課講授現代詩，十幾分鐘後突然斷電，楞在講台上，講述活動便無以為繼了。於是我讓他在一旁休息，自己上台把後續的內容交代完成就下課了。離開教室之後，我們各自沉默，緩慢走向小會議室。會議室裡沒有其他人，陽光傾斜射入，光影中浮塵飄忽盪漾，我跟實習生照往例檢討課程設計與現場教學出現的問題。講著講著，我的語氣不知怎麼了，變得有點激動，毫無迂迴地提了一個問題：「你真的已經準備好要當老師嗎？」可能是我太過嚴厲，二十來歲的他，起先露出驚慌的表情，後來竟然就哭了出來。

拿了衛生紙給他拭淚，讓他先喝喝水。等到情緒稍微平復了，他才哽咽地對我說：「老師剛才的問題，戳中了我最深的心病。我其實一直沒有想要當老師……更弄不清楚自己為什麼會走到這一步。」我知道那種委屈，由家人決定好的生涯，會讓自己的心生病。於是建議他：「想清楚自己要什麼了，就勇敢去做吧。不想當老師也無所謂，三十歲之前隨時砍掉重練，憑你的資質一切都是大有可為的。」過了一年多，我收到他的訊息，他已經成為正式老師，而且很喜歡這個工作。從前的那些疑惑、不甘心，全都消失了。因為是自己決定要繼續走下去的。

二十四歲的我，在畢業旅行途中一直在想教書以外的事。參觀埔里廣興紙寮那一天，製紙師傅的專注虔敬對我形成劇烈的撞擊。紙寮安排的體驗活動，是由手藝人親自教導製紙流程，讓我們親手完成抄紙、焙紙，迎接一張紙的誕生。手藝背後的精神是什麼，我不是太明瞭，只能隱約地察覺，是一種物與我之間纏綿相契的連結。很久的後來才稍微明白，不管選擇怎樣的職場，只有真心喜歡，才不會覺得委屈。沒有手機、沒有網路的年代，我隨身帶著一本記事簿，裡頭除了通訊錄、行事曆，還記下重要的文學獎徵獎訊息。當天徹夜不眠，在稿紙上一筆一畫地寫，寫了五千字跟製紙有關的故事。途經高雄，將稿件交給好友H，請H幫忙影印稿件並且掛號寄出，參加第一屆勞工文學獎。

那份稿件就像一匹白色小馬，在美麗的草原上朝著前程狂奔。兩三個月後競賽成績揭曉，得了一筆豐厚的賞金。我毫不猶豫地將獎金花掉，拿去報名救國團的寒假海外教育旅行。一直到我正式就業之前，這個島嶼一直是閉鎖的、背對世界的。這缺乏自信的國家有規定，未服兵役的男生不能出國觀光。像我這樣的男生，想要去外面的世界看一看，最簡便的方法就是以學術參訪的名義出去，或是參加救國團海外行程。

我參加的那個團是奧匈帝國之旅，主要行程是奧地利、匈牙利兩國。第一次去歐洲，覺得什麼都新鮮可喜，卻也覺得目光所觸都是一瞬即逝的風景。表定行程並沒有安排去維也納國家劇院看表演，我向團長與領隊提出申請，想跟朋友K去買站票看一場歌劇，保證會注意安全，看完歌劇立刻搭計程車回旅館。直到現在，我還是深深慶幸，曾經不惜把獎金花光也要去旅行，曾經那麼執著地想要去聽一場歌劇演出。

回到台灣之後更加確定不想做什麼，不跟同屆畢業生一起去中學實習，順利用推薦甄選的方式考進了中文研究所。

二十四歲夏天，穿戴好學士服，跟重要的人一一拍了照，包括那個愛了很久最後卻不得不分手的人。大學畢業典禮結束，迅速逃離台北繼續念書，有意識地延緩進入職場的時間。離開台北之前，在文學院大樓跟學姊F說，出詩集一定要取名為「濕樂園」。誰知道這書名太不吉利，幾次申請出版補助都落空。只好自己編輯排版設計封面，少量影印刊行，請同學朋友們認購。

那年暑假在愛河旁的酒吧喝啤酒，參加啤酒廠商現場贈獎遊戲，得到米蘭來回機票兩張，幾乎把三十歲之前的好運都用光。就連投稿自辦的研究生集刊，其他人都得到發表機會了，自己是唯一被評定為無刊登價值的那一個。也曾遇見一個認識才八小時就舌吻的人，深深地愛過彼此，可是啊，卻嚐到一顆毒性太強的果實。光是去毒療傷，就花了大約半年時間。

二十四歲，我的白色小馬歡快地飛奔，在泥濘中把未來一併弄髒。從夏日草地青青，跑到了精力耗竭的漫天風雪。最後磨蹭著雨雪，把傷口跟鬃毛洗刷乾淨。而且知道，自己是有能力把現實的髒汙洗刷乾淨的。

同行──記二〇一八哲蚌寺雪頓節

1.

為了把西藏旅行的經歷寫出來，連日在心裡反覆描摹著雪域高原的景象，試圖整理雜亂無章的回憶。然而路途上的人與事，想起來總是不成片段，光影與光影交錯層疊，像午夜將盡未盡的夢。與現實邏輯不同，夢有夢的結構，夢中事件的組裝方式似乎也都自成體系。陽光，藍天，白雲，湖水，陣雨，糌粑，酥油茶，五色經幡，拉薩河，雅魯藏布江，面目黧黑轉著經輪的老婦，寺院一隅生了眼疾的貓……這些畫面以一種極為參差的拼貼狀態來到我的夢中，不連貫地閃現。唯有恍惚之感一直維持著同樣形式，改變思維運作的慣性，在高原時如此，夢見高原時亦是如此。

在日常時光回憶那段脫逸日常的遠行，思緒的連結不知道出了什麼問題，一念無明，一念接著一念，忽然就頭痛了。所謂無明，是一絲煩惱生起，痛苦糾纏於心。

是從青春期以來早已習慣的那種偏頭痛。痛的感覺維持某種頻率，很穩定地撞破我的意識。腦門、太陽穴像有一根根長針持續地推抵、穿刺，越鑽越深，越鑽越深。有時則像是鐵鎚猛烈轟擊，直到傷害沒入靈魂深處。

想到初次抵達海拔三千六百多公尺的高原，在拉薩香格里拉飯店度過的第一個夜晚，也是這樣的感覺。好不容易睡著了，睡眠中卻被痛覺敲醒，耳內嗡嗡作響，不久就去廁所嘔吐。吐光了晚餐，才又慢慢睡去。那時很清楚聽見，身體在說話，吐完就好了。第一次那麼喜歡嘔吐，以及吐後的清淨。長期背負在身上的壓力或鬱悶，吐一吐真的就好了。那時大氣壓力的改變，直接觸動身心的機栝，此身與此心便以一種誠實的力量，悄悄回應了這個世界。

回到原來的生活，這一次頭痛，完全沒有嘔吐的反應，就只是被痛覺神經拉扯著，陷入無止盡的疲累之中。直到肩頸刮痧以後，痛楚才漸漸消退。我躺在床上，閉上眼睛又睜開，彷彿從哲蚌寺的黑夜走到了天色明亮。

2.

早在出發去西藏之前，去過又回來的人跟我說，到西藏旅行是自討苦吃，去哲蚌寺看曬大佛尤其是。只是沒去過的人，永遠不知道自己的身體在高原上會有怎樣的反應。也曾經聽說，無神論者去了西藏，大概都會相信這個世界真有神靈存在。我於是特意選擇了有雪頓節活動的行程，想去看看世俗與神聖的交會。

我的高原反應來得急，去得也快。一夜頭痛嘔吐，吸過鋼瓶氧氣、吃了藥就完全無礙了。在高原待上兩三天，我對海拔四千公尺的環境已經適應得很好。血氧很充足，心跳也平穩多了。最舒服的時刻是在日喀則扎什倫布寺，那當下的身心狀態，像是蹲跪在法輪下的小鹿，也像是屋簷上跳躍的白鴿。

從後藏日喀則返回前藏拉薩，為的是參加哲蚌寺的雪頓節活動。

二〇一八年的雪頓節是八月十一日星期六。前一天晚上很早就上床休息，凌晨四點起床。其實沒怎麼睡，夜夢紛紛，一些令我驚懼的面容和事件在夢裡現形，幸好醒來即忘。夢與現實斷開連結，真是一件好事。

雪頓節活動吸引大量人潮，藏傳佛教信徒與觀光客湧入雪域，旅館大多客滿，拉薩市區嚴重塞車。為了讓房客趕早參加雪頓節，我住的飯店特別在凌晨四點半便開始自助餐服務。匆匆吃過早餐，五點半左右一行人摸黑出門。

這趟旅途與我同行的，是二〇一四年導師班畢業的三位學生。旅行社聯繫事宜與行程安排，都仰賴Z一一敲定。旅途中我一再想到《西遊記》的情節，唐僧師徒四人上西天取經是多麼艱困。而我卻是一路乘坐巴士，望著車窗外的風景喊累。

雪頓節當日，哲蚌寺周遭幾公里進行交通管制，巴士只能停在外圍區域讓我們下車，之後只能依管制路線徒步上山。哲蚌寺依山而建，寺院建築面積大概有二十萬平方公尺，是藏傳佛教最大寺院，大門在山下，必須爬一段山坡路才能抵達寺院。

雪頓節意思是吃酸奶的日子。西藏夏季天氣變暖，原本蟄伏的百蟲復甦活動。僧人奉行不殺生的戒律，為了避免傷害蟲豸，藏曆六月十五日至七月三十日之間，必須按規定在寺院內坐夏，閉門修行不能隨意外出。要到解禁之後，僧人才能出寺。此一時節，信徒前來奉獻酸奶，用來表示慰勞與祝福。此外，亦會安排藏戲演出，逐漸形成一項慶典儀式。雪頓節當天，哲蚌寺山壁上會展出巨幅唐卡，俗稱曬大佛。這是一幅絲織刺繡釋迦牟尼佛像，高三十公尺寬二十公尺，早上八點鐘法號聲音響起，遮幕會慢慢拉開，直到整幅唐卡顯現在眾人眼前。

3.

拉薩市區八月氣溫大約攝氏十到二十度。清晨六點多，從聯外道路走往哲蚌寺時，忽然一陣冷雨飄落下來，氣溫應該降到十度以下了。上山的隊伍排得極長，綿延好幾公里，沿路有公安武警維持秩序。雨下得久了，路面開始積水，泥濘難行。我的鞋襪、背包皆被淋濕。行人的雨傘交疊，身體緊挨著身體，前進的速度變得異常緩慢，更多時候集體卡住而無法動彈。上午七點多，上坡路段開始，根本不須自己走動，後面的人潮自然會向前推擠讓你往前。與這股推擠力量一起出現的，是濃烈的氣味，人體腥臊汗垢混雜著雨水的味道。

Z的身高一八七，矗立在人群中像根大柱子，幾次要跌倒的時候多虧有他，讓我穩了下來。都說是因緣殊勝才能見到佛，有信仰的人在此刻顯得特別狂熱，只有一心向前而已。隊伍中不乏老人與幼兒，他們照樣陷落在人群裡，被擠得一直發出悶哼的聲音，我一直擔心老弱的他們會被壓扁或被絆倒。根據估測，這洶湧的肉身之海大概有二十萬人之數。置身於這片人體海洋，體力過度消耗，我的心跳於是越來越快，呼吸也越來越急促。

為了不要被沖散，我們四人一排緊緊相依，手勾著手前進。我的大柱子實在過於可靠，惹得後頭一位藏族婦女向他喊話，說他長這麼高怎麼可以，趕緊往前走呀別向後倒。大柱子沿路跟藏族婦女拌嘴，也算是辛苦爬坡時的小小樂趣。走了兩個多小時還沒到山腰，有些人就尿急了。武警偶爾會通融，稍微打開鐵柵欄，不定時放一小撮人去山邊小解。

天色漸亮以後，雨勢漸小然後放晴。

從下車位置走到山巔展佛處，總計五個小時。我對自己提出疑問，不過就是湊熱鬧而已啊，有必要弄到這麼狼狽嗎？Z一路攙扶著我，好像擔心我隨時會休克。登上展佛台的階梯，約好集合時間，大夥就分頭行動了。Z跟我邊走邊聊，排隊去給喇嘛摸頂。聽說摸頂祝福會讓人長壽、豐收，死後也可以不下地獄。我跟Z想去排隊被摸第二次時，馬上被武警擋了回來。原來路徑都規畫好的，每個人限走一回。

遠遠地看著藏戲舞台，演出者手腳大幅度開合，姿態極其奔放，這才真覺得自己湊過熱鬧，也被這個世界祝福了。經過這場儀式活動，看見了許多人為了願望前進，守護著心中相信的事物，如此就很圓滿。為佛陀獻上哈達後，儀式告一段落，藏人們往往隨意找個角落席地而坐開始野餐。

4.

Z陪著我站在高處，偶爾望向唐卡，偶爾俯瞰山下的人群，我忽然想到幾次在日本寺院裡遇見的遍路（朝聖參拜）行者。行者的基本配備有：金剛杖、菅笠、念珠、輪袈裟、頭陀袋、納經本、白衣背心。背心上面寫著：「南無大師遍照金剛」與「同行二人」。世人稱空海大師為弘法大師、南無大師遍照金剛，行者雖然是隻身上路，但都相信遍路行旅並不孤單，因為有空海沿途作伴，所以說是同行二人。

默默無語的時刻，我想念那個說自己身體不適合來西藏，希望我來幫她看一看的人。她是趙老師，離開這喧擾紛雜的人世竟已經兩年有餘。相信她已經離苦得樂，她想看見的風景，如今我也代替她看過一遍了。還想告訴她，書上說的一步一如來，原來如此啊。某些恍神的瞬間，我以為趙老師就在身邊，像是遍路行者心中存念的那句話，同行二人。

與趙老師相識十年，她沒說出口但我始終明白的是這樣的態度：認真地存在著，就是最好的修行。

哲蚌寺三面環山，山下就是拉薩河。哲蚌寺原名吉祥永恆十方尊勝州，哲蚌意為米聚，寺廟建築群遍布山坡彷彿米堆，因而以此為名。

Z和我在寺院群裡亂闖，無意間被門口武警請進一間當日並不開放的院落，似乎是供奉大威德金剛的密宗院。既然走進去了，就隨興逛了一圈再出來。離開那幢建築，又到石上顯形文殊菩薩處參拜，繞了繞佛塔即準備下山。

從哲蚌寺走到管制區外，大約一個小時。看了看手機的里程數，這一整天的雪頓節行程，足足走了十幾公里路。來時路確實艱辛，但我早就忘記那些艱辛了。

關於痛苦的事，無論是偏頭痛或心內鬱結，總是需要熬過去的。也都說想要忘記某些痛苦的，然而一念總是接著一念，意念與其形象紛至沓來，然後又墜入無邊的黑暗之中。幽闃的黑暗裡，我終於看見了，那些曾經的同行者，手持燈火，為我照亮眼前的道路。

背對世界的方式

二〇一九年冬天開始，慢慢地進行一系列書寫，但似乎又不只是書寫，應該說是心靈與行動的重新校準、重新定位。用文字記錄這些變化軌跡，我私下將這系列文章稱之為「背對世界的方式」。

二〇一九年去了長野善光寺、京都妙心寺以及幾處私心喜愛的寺院，有些是舊地重遊，有些是初詣。在某些寺院看到可愛的達摩，還有以達摩畫像為主題的御朱印，開始對達摩面壁九年的歷程感到好奇。達摩祖師的故事太多了，很多人或許視為奇譚、神蹟，我卻在這些故事裡讀到屬於自己的想像。想像自己在捷運車廂裡一葦渡江，戴上全罩式抗噪耳機，往每一個日常飛奔而去。偶爾在辦公室位子上，背對世界，看見自己。

不知道為什麼，最近這一段日子，我跟周遭的朋友情緒太過飽滿，我們彼此建議，試著轉過頭去，把噪音阻絕在背影之外。辦公桌面上的雜物堆積甚久，幾至看不見桌面，我對著它們以及壞情緒默默訴說，謝謝你們曾經陪伴我，但我現在必須送走你們了，對不起。謝謝，對不起，謝謝，對不起……

堪用、好看的東西留給有緣人收存，無用之物直接回收或丟棄。幾經割捨、清除、整理，辦公桌有了新的模樣。我在擴香台上滴了脈輪精油，一呼一吸，拉展自己的四肢。附近的同事正對著可愛的盆栽說話，好看的物件定錨在我眼前的香水海，我拎起一只曾沿著黑潮漂流的浮球，跟周遭的人說，很美吧。

很美吧。

太過飽滿的情緒像是快要爆破的氣球，我很不喜歡戳破氣球的聲音，喜歡的是氣球消風的聲音。

最近的閱讀活動，也有一份背對世界的喜樂。這些書讓我的情緒消風，在夏日冷氣房裡清涼無汗。謝謝這些作品的陪伴。

竹筍肉絲鹹粥

看紀錄片《風味原產地》時，總覺得飢腸轆轆而且想像力異常增生，記憶中的家鄉味道也突然變得清晰。大概是童年時期養成的飲食偏好，我酷愛米食，不知不覺擁有了易胖體質。近來許多朋友力行減醣運動，為了健康刻意減少澱粉（醣類）的攝取，我跟著試了一陣子，減醣之後反而更眷戀碳水化合物。

醣類其實沒那麼罪惡，它可以快速補充人體所需熱量，也是腦部的能量來源。醣類攝取只要適量即可，完全不吃澱粉太令人痛苦了。

艋舺一帶有許多賣鹹粥的店家，大多清早就開門營業，油炸雞捲、花枝、燒肉是配粥的好物。小時候住在三合院，家裡人口眾多，媽媽常常用大鍋煮粥，可以迅速餵飽一家人。粥中放置的佐料可豐可儉，田地裡當令收成什麼，我們就吃什麼，最常吃的即是竹筍肉絲鹹粥。

竹筍肉絲鹹粥做法不難，備料也簡單——豬肉絲以醃料抓勻，泡發的乾香菇切成片狀，竹筍、紅蘿蔔切成細絲，蝦米泡軟瀝乾。將香菇、蝦米、紅蔥頭炒出香氣，再把肉絲放入一起翻炒，亦可加進其他蔬菜如高麗菜。炒到入味了，將洗淨的白米倒入並加水，煮至沸騰轉小火燜煮，等到米粒軟爛、湯汁稍稠即可食用。以鹽或醬油調味，鹹淡可自由調整。吃的時候，不妨灑些芹菜末、白胡椒增添香氣。也有人喜歡用熟飯取代白米，型態類似飯湯。媽媽在市場裡經營的早餐攤販，主打一味海鮮粥，用的即是熟飯而非白米。

自家田地不再栽種竹子之後，有一陣子比較少吃到竹筍肉絲鹹粥。採摘鮮筍不是輕鬆的工作，往往前一天下午就要巡視竹林，標記即將收成的筍子，翌日清晨背著籮筐去採收。祖父健在的時候，這項工作都由他獨力完成。他不在了，沒人接手，竹林也就日漸荒廢，終至全數刈除。

高雄的家就在大社果菜市場附近，便於取得各種農產品。竹筍肉絲鹹粥只要開口，媽媽就會幫我做。我的味覺記憶持續堆疊，很慶幸能帶著某些眷戀過日子。而或許，每一個人的童年正是自己的風味原產地。

想不得

有一些做慣了的事情，如今（二〇二〇年）都是想不得的。想不得的後頭，或許是因為常常想，每次一想就會形成情緒勞動，讓日子塗抹上灰暗的色調。

想不得，是一款濾鏡，藉著一層層的失落，過濾出許許多多繽紛的想像。讀著別人的旅遊書寫，想不得的事情忽然成群結隊而來。關於二〇二〇年，我會記得前後取消了兩次機票，卻還是每天關注著匯率的高低起伏。大概有很多人跟我一樣，努力用酒精口罩維繫著、營造著「歲月靜好，現世安穩」，暫且封存那些想不得的遠方。

「歲月靜好，現世安穩」是句好話。不會因為曾經有哪些討厭的傢伙說過這樣的話，這句話裡面的願望就變得不好了。一直以來，我喜歡事物有常，低調安靜地過著小日子，不被冒失的事件驚擾。朋友告訴我，做了一些決定，就得以遠離某些不必要的冒犯。我想，這是生活的藝術。

全球疫情消息不斷更新，此間讀著張維中的《東京直送》、陳浪的《哪裡，是我的流浪》，想不得的事變得異常清晰，變成不得不想的事。

《東京直送》副標題是：「將東京鮮為人知的慣性，遞送到你面前」，書中記錄東京生活種種，張維中如此感慨：「亂世是怎麼開始的呢？我忽然在想，歷史上經歷過亂世的人，他們是否知道未來將轉好或變壞？那可能有的徵狀會是什麼？我不失去樂觀的希望，卻也難免憂心。」亂世中也要好好過日子，耐心期待解封之日，這是《東京直送》最好的慰藉。

某位喜歡旅遊的朋友推薦我讀陳浪《哪裡，是我的流浪》。這本書裡，陳浪的足跡遍及台灣、日本、越南、中國大陸，其中有幾處是我深深喜愛、與好友一起去過的地方。移動的過程，或許特別能感知人情變幻，於是偶爾難免流露感傷、遺憾。陳浪某次失戀後的旅途，正是我今年夏天原先預計要去的地方。被許多人關注的他說道：「看似光鮮亮麗的日子裡，有著漫天飛傳的流言蜚語，熟識的舊朋友不多，身邊來來去去的情誼，鮮少是單純的關心聯絡，重新接上線的，往往是有事相託。」接下來，他記下一段彌足珍貴的情感連結，靠著旅行走回自己的世界。

出走，遠遊，跟原來的人生保持距離，人際關係或許才得以重新清理。

靠著旅行走回自己的世界，嗯，這正是此刻、現在、當下，我，最最想不得的事。

小孩與毛小孩

晚餐過後，沿著社區周圍獨自跑步，只要不下雨，一定會遇到各家主人帶著狗兒出巡。長相可愛、毛色漂亮的狗，總讓我放慢步伐，多看幾眼之後，很想上前去跟牠們玩玩、摸摸牠們。但我向來懂得克制，陌生人的毛小孩別亂逗弄，發乎深情，止於欣賞，這樣就可以了。倒是比較少見牽著孩童散步的爸媽，而是聽到附近大樓傳來小孩嘻笑或哭鬧的聲音。偶爾還有初學才藝的孩子，在拉小提琴或彈鋼琴，我從拍子跟音準辨識出那些初學的狀態，盡可能地快速遠離。

四十歲之後仍然獨身，幾位長期交好的朋友不約而同問過我，需不需要送我一隻貓或一隻狗？他們的關懷我知道，想必覺得我這隻恆溫動物很需要陪伴。他們不知道的是，我的各式陪伴已經把日子填得太滿，最需要的是孤獨與自由。

問過許多朋友，養孩子跟養貓狗最大的差別是什麼？或是其間有什麼共同的屬性？因為我一直無法明白，兩者的本質問題。更本質的問題，應該是愛的根源有什麼差異？這個問題我一直想不清楚，原因可能出在經驗的貧乏。缺乏經驗就無法深入思考，這是我長久的癥結。

直到極其微妙的時刻出現，我起心動念想要養一隻貓。偶然相逢，那隻貓的面目像極了石虎，我就稱呼牠為石虎了。石虎身上繫緊繩索，聽說牠的主人常會把牠當狗一樣帶出來遛一遛。遇見牠的時候，牠被綁在欄杆旁，應該是被遺棄了。我守候多時，主人遲遲沒有現身，只好報警請求協助。我很焦慮，被遺棄的毛孩子跟被遺棄的親生子女，到底有什麼不同？經歷幾小時煎熬，這種不安的心情持續到動保協會的人出現。動保人告訴我，他們有一定的處理流程，會先掃晶片尋找飼主，過一段時間，找不到飼主就會上網公告開放領養。

我突然問了一個問題，發現牠的人，有沒有優先認養的權利呢？沒有，他們果決地回答。

聽到「沒有」兩個字，我起先有一點失落，然後是鬆了一口氣。動保人安慰我，像這麼好的貓，很快就可以找到適合牠的領養者，要我別擔心。

但是，我始終把這件事掛在心上。一直上網查詢石虎的下落，直到幾個月後，願意相信牠已經去到一個安全溫暖的家。

身旁有朋友不婚不生，只養毛小孩。也有朋友兒女成群，家裡的貓狗無數。也有曾經養過貓狗，但結婚生子之後就無法再養毛孩子的。這些家庭成員關係，一直是我不理解但想知道究竟的。

也常常想起某作家曾寫過，一位名人教養兒子的故事。兒子執拗地想養一隻狗，母親嚴正地告訴兒子：「家裡只能有一隻畜生，要選擇你還是狗？」兒子沒再說話，養狗的願望依然無法達成。

高雄老家的鐵製狗屋曾住著一隻名貴的虎頭狗，父親養的，費盡心思供應最優質的食物。牠的長相凶狠，一般人通常不敢靠近。我六歲那年失去了父親，父親走後不久，某天深夜虎頭狗被下藥擄走，再也不見蹤跡。

讀周芬伶《雨客與花客》，心裡的問題似乎有了回應。書裡寫了可愛動物貓、狗，也寫了兒子跟學生，與毛小孩、小孩接觸的經驗實在太豐富。她說：「人生打不開的枷鎖是，孩子渴望得到父母的愛，卻不具備得到被愛的可愛與本事，或者回報父母劬勞的能力；一旦得不到放棄了，他就切斷臍帶只愛自己，然而孺慕之心雖絕，一生單向付出，一直到春蠶絲盡；而父母把孩子當作實現夢想的工具，孩子卻往相反的方向走，變得越來越陌生，越不像自己的孩子，結果是雙雙落空。」親緣之背離，竟然是這麼殘酷。我猜想，養貓養狗，應該可以不用承受這些情緒勞動吧？

把杯子打破重新修補，有殘缺之美。

把人際關係碎裂瓦解，用文字補綴，傷心也可以成為美。

旗鼓相當的依戀與被依戀，是多麼難得的狀態啊？

姪女一直渴望能養隻貓，然而養了不久，貓就自己跑掉了。後來我送給她一隻小烏龜，烏龜比較沒有逃跑的本領。這大概是最理想的豢養了。

步行禪

活著就是修行。

每個人投入修行的意願不同，法門也頗多差異。不去深思自己的人生，跟一再深思自己的人生，都是一種活法，自己舒服就好。我想，或許渾渾噩噩也可以享受某種舒服吧？

我喜歡的、景仰的開悟者，有時只要一個眼神，不需要任何語言，就能讓我感到安心、幸福。開悟者若是立下文字，我讀著讀著，有時覺得日光遍照，有時覺得月光遍照。他們看世界的眼光，可以鼓舞悲傷的靈魂，彌合破碎的玻璃心。覺悟者發現生命的奧祕、信仰的艱難，毫不保留地訴說療癒自我、圓融生命的歷程。能愛人，能被人所愛，能孤獨堅決，能與宇宙精神相往來。

《步行禪》的作者塩沼亮潤說：「所謂的修行，就是涵養出能夠接受一切的心量。」

塩沼亮潤一九六八年出生於仙台，現為仙台市秋保慈眼寺住持，大峰千日回峰行大行滿大阿闍梨。他從小發願「想要成為千日回峰行者」。十九歲的他，在奈良吉野山金峰山寺出家得度，展開修行生涯。平成十一年（一九九九年），完成大峰千日回峰行滿行。在金峰山寺一千三百年的歷史中，他是圓滿達成「大峰山千日回峰行」的第二人。

二〇一七年寒假，我曾和兩位知交同遊京都奈良，恰好遇上吉野山金峰山寺籌辦節分活動，拜觀費半價。執事女孩非常親切，跟我們交換了禮物。那時看到「千日回峰行」的照片，不清楚那是什麼，只覺心中肅然。

後來才知道，「千日回峰行」是一項堅苦卓絕的修行功課。出家僧人，首先須由唯命是從開始，不懷疑、不抱怨，日日灑掃，從事作務。舊日習氣除盡，新的慣習養成，必須通過「百日回峰行」考驗，之後才有資格挑戰「千日回峰行」。俗話常說的苦行僧，苦行總是意味肉身與心智的極限考驗。那些熱愛健身，以製造乳酸為樂的人，可能也從中獲得了修行的趣味。

「千日回峰」在我看來，即是高難度的轉山。千日的算法是每年耗費四個月，總共持續九年的登山修行。平成三年（一九九一年）五月三日凌晨十二點，塩沼亮潤全身穿上純白的赴死裝束，有種奔赴死亡旅程的象徵。他在金峰山寺藏王堂本尊「金剛藏王大權現」前立誓：「請允許我修持『大峰山千日回峰行』，我必定會完成全程。」長達九年的嚴酷修行展開，他卻安然自在。

這樣的修行路程，自金峰山寺藏王堂開始，迄於有「大峰山」之稱的「山上岳」。來回路程四十八公里，海拔落差一千三百公尺以上，每天往返約需十六小時。「當心腳下」的佛家用語，在這段歷程裡有驚心動魄的含意。山林間行走，危險重重，每一步都要戒慎恐懼。行者回峰，可能遇到毒蛇、野熊、山豬，可能遭遇狂風暴雨雷擊，可能失足墜谷……修行一旦開始，無論任何原因都不能間斷。期間不能說話、不能就醫，即使親人離世也不能中斷。

修行者由極限考驗之中，告訴自己什麼才是「真正的活著」。塩沼亮潤說：「唯一能阻擋前進的，就是死亡。」或許也可以這麼想，越是艱難的人生，有信念地，一步一步走下去，可以在死亡之前變得坦然。蔡明亮導演的《行者》，陰鬱沉悶中也有一份坦然。

「千日回峰行」源流頗久，大約可以追溯到一千三百年前奈良時代的「修驗道」。修驗道相當重視身體實踐，堅信修行者一定要透過拜謁靈山、神祇，以難行和苦行證成自我。

萬一，萬一，在千日回峰中途必須放棄時，只得向神佛懺悔，並且用最極端的方式謝罪。回峰行者左腰上佩戴短刀，就是用來切腹的。另一種方式就是用隨身攜帶的「赴死繩」綁在樹上自縊。他說，這就是賭上性命的修行。「我把自己一切的修行，解釋為人生中的天命，是為了在任何狀況中都能保持樂觀、正面思考的訓練。」他的教誨，深深撫慰了我。我是這麼想的，再怎麼辛苦的路，都是一趟意義豐足的修行。

塩沼亮潤說：

「將艱苦之袋從內翻轉過來，即是幸福之袋；同樣地，只要翻轉心念，辛苦的時刻也能是最幸福的時刻。」

「人心愈是感覺到焦慮，就會變得更焦慮。愈是去想負面的事，思考就會變得更加負面，陷入惡性循環，離幸福愈來愈遙遠。」

「為了遠離不幸，提升自身的幸福，我們有必要整頓因為焦慮、不滿而一團混亂的心靈。我敢斷定，如果你的內心充滿負面的黑暗念頭，絕對不可能得到幸福。」

我一直相信，個人或集體發出能量、發出意念，可以跟整個宇宙對話。當親愛的人離我們而去，我們能做的就是用最好的能量照亮他的前路，讓他籠罩在聖潔的光裡，順風飛行。這也是一種修行。

更簡單一點的修行，塩沼亮潤說這叫步行禪。簡單一點地說，人生不過散散步而已。出去走走，沿途說對不起跟謝謝，就是最好的日常修行。

想念西藏

去一趟西藏真是不容易。

六年前原以為可以順利成行，卻因為當時西藏有一些特殊狀況，入藏函在出發前一天仍然沒有批核通過。旅行社遂全額退費，取消行程。這次多虧Z細心規畫，我們順利成行了。行前將所有藥品都備齊，有預防高山症的，也有治療用的。

在拉薩的第一個夜晚，我睡到凌晨兩點因頭痛醒來，開始嘔吐。吐完了，身體終於舒服許多。

那時看著旅館裡標示的拉薩海拔高度，強烈地質疑自己：為什麼此刻不是在京都？這質疑沿路跟著我，一直到搭青藏鐵路離開拉薩的時候。

在海拔四千七的天湖納木措，心跳每分鐘一四八，胸悶腦脹。在五千二百公尺的珠峰大本營絨布寺，半臥在床鋪，血氧下降，偏頭痛又來了。無法成眠，好想在京都……

而現在，似乎有點醉氧。從高海拔回到平地，氧氣太過充足，連呼吸都會醉的。因為醉氧，睡了非常安穩的好覺。然後我想起回程途中跟Z說的，下次還想去西藏，尤其是行程更加艱苦的阿里地區。這是怎麼了？我也不知道。

很想念扎什倫布寺的強巴佛（亦稱未來佛、彌勒佛），想念那該湛藍的天空、該潔白的流雲，想念寺院門口販售的犛牛酸奶。

離開香格里拉酒店那天，我一邊吃著早餐一邊跟鄰桌旅人聊天。他們來西藏已是第三次了。為什麼呢？我沒問。但大概都明白了。

卷二

川流人生

清明之前

邁入四十七歲的那一天許下這樣的願望：割捨無須再保留的舊物，疏浚壅塞的記憶，重新清理人際關係。高雄家裡的雜物長年堆積，看不見的塵蟎讓我時常過敏發癢，偶爾流淚打噴嚏。安穩的日子過久了，人很容易變得懶散，每一次積極的發願總是缺少實踐的動力。陽光照耀的早晨，麻雀聚集在窗簷聒噪，像是在提醒該行動了，但我繼續蒙著被子賴床，嫌牠們吵。原本想要在農曆年前焚燬的日記書信，一直擱著不理，忽然就來到了驚蟄。

驚蟄時節，天氣回暖，萬物萌發，益蟲害蟲全都甦醒。根據傳統習俗，把石灰灑在房屋周遭，拿清香、艾草煙熏住家，如此可以防蟲害、去霉味。古人也相信，聽到春雷初響，把衣服拿起來抖一抖便可不被跳蚤蟲子侵擾。香港人習慣在驚蟄日打小人，拍打紙人公仔以去除晦氣，這種作法大概也能宣洩憤怒、緩解情緒。農事諺語則說：「到了驚蟄節，鋤頭不停歇。」有勸勉人們勤奮耕作的意思，我彷彿被這樣的話催促著、鼓勵著，趁著驚蟄日，要努力喚醒體內的動能。

該清理的事物總是要面對。物件本身沒有情感糾結，糾結的是物件主人。自以為賦予了情感，物件裡因而藏著永恆，但這很可能是執念或妄想。滿架書籍大多是不會重讀的，除了占據空間，好像一點用都沒有。這些書籍生了黃斑，水漬蟲蛀明顯，情況已經非常惡劣，只能送去回收場。

舊書可以回收，最難處理的是一千多封的書信。每一封信裡都有感情的負累，實在無法逐一打開檢視該捨該留，當下決定全都丟了吧，那可能是善待回憶的最好方式。以前讀過一些資料，文化大革命時，有人為了避免文字災禍，把書畫珍藏撕碎，泡水搗爛，直到字跡模糊不可辨認才敢倒入河水裡，以免留下任何證據。這樣做大概就萬無一失了，但實在太費功夫，現在也不允許往河水裡傾倒廢棄物。為了避免私密通訊外流，我把信件撕碎，當作一般垃圾處理。這些信件進了垃圾焚化爐，就當是進行火葬了。為求快速了結，信件內文也不用再重讀了。

即便如此，還是難免分神。幾款熟悉的筆跡出現，不用看內容也知道，彼此之間曾經有過熱烈的情誼，但這當下已經沒有往來，或者早已分手、絕交多年。暗自揣想，自己留著這些信件到底有什麼意思呢？

感情的聚散，當下說沒有，就是沒有了。沒有感情卻還留著感情的殘骸，難保不是一種自欺。

至今仍密切聯繫的人，我把他們的書信留了下來，打算下次見面的時候交還給對方。

清理信件的過程，出現一款陌生的字跡，信件數量大約七八封。這些信讓我感到好奇，究竟是誰寫來的？原本打算讓一切迅速消失的，卻禁不起好奇展讀起來。讀了才記起，生命中原來有這一段交會。寫信的人是我雄中的學長，姑且稱之為鄭重先生。鄭重先生大我七歲，某天在雄中校園閒逛時看到了布告欄上作文比賽的得獎文章，文章底下有得獎人姓名。那一年的作文比賽題目是「變」，鄭重先生覺得我應該是第一名，評審結果卻列為第三名，於是寫信寄到學校鼓勵我，希望我不要氣餒，可以持續地創作。信的最後，學長鄭重地留下姓名地址電話出生年月日，如果需要升學方面的輔導，他表示可以盡力幫忙。

正在準備升學考試的我，因此開始了與鄭重學長的通訊。只通訊不見面的模式，在網路時代很有可能衍生為一場詐騙。但是在手寫信的年代，字裡行間依稀可以辨識出情義和溫暖。同樣都是「雄中」耶，這個身分變成了彼此親近的標籤。通信很長一段時間，鄭重先生與我一直未曾謀面。若不是書信的連結，這段記憶大概會深深埋藏，不會重見天日。

讀完鄭重先生的信，我想最好一併清理掉，什麼都不留。四十七歲的我，早已不是當年那個收信者了，我理應沒有權利再幫當年的自己保管什麼。當清理成為藝術，每一袋沉重的垃圾都會找到各自的路徑，張開意義的翅膀，鄭重地告別，鄭重地消散。袋口綁上死結的時候，我跟這些無須繼續堆積的物件說謝謝。

謝謝一路相伴，讓我成為另一個更好的人。

傍晚五點三十分，隔街傳來垃圾車的音樂。我騎著摩托車，分兩批載運這一千多封信件，親眼看著它們攪進垃圾車裡，再也不會有人知道內容是什麼。回到家裡，鬆了一口氣，再也不用掛礙煩惱了。一個念頭過去，一個念頭又來，忽然有點擔心，自己收到過千餘封信件，意謂寄出去的信大約也是這個數量。只能暗自祈求，自己寄出去的信也可以如此煙消雲散。同時跟自己預訂了一個時間，在清明之前把雜物清乾淨。

勞動過後，驅車到愛河中段，在私心喜愛的咖啡館放空自己。開始健身後，一週只允許自己吃一次甜食，我常常想把這個甜食額度用在舒芙蕾。這家咖啡館位於河畔，每天提供不同口味的舒芙蕾，也有簡單的輕食，是我讓心情變好的祕密基地。吃好喝好了，正能量會自動儲存在身體裡。離開咖啡館，我總會沿著愛河散步，走著走著，心裡一片清明。

走在河邊，不經意想起美空雲雀唱的〈川流不息〉，這首歌在二〇〇〇年被江美琪翻唱為〈雙手的溫柔〉。〈川流不息〉的歌詞提到，「沒有地圖的指引，這就是人生。」「生命有如旅行，在這沒有終點的道路上。」流水意象往往召喚出人類的時間意識，觸動情緒的開關。一去不復返的，永遠不回頭的，心裡的感慨好像跟河流有了連結。川流或許不息，匯聚了新與舊，繼續往前走。但也有可能，河水乾枯，河道壅塞，一條河於是就消失不見了。

再往前走一段，可以望見愛河之心彎曲迴繞，在夜裡安靜地發光。河水中央，那一顆亮亮的心像是在對我說，辛苦了，花了好久的時間才能走到這裡呢。波光流轉之際，想起幾個無法再聯絡的名字，以及那段曾經結伴同行的日子，希望他們在某個角落過上好日子，心裡沒有遺憾或可惜。

一呼一吸之間——後勁溪印象

春日融融，平靜無事的週末午後，我造訪高中同學YU的書法工作室。大疫來襲，在我低度的社交活動裡，YU應該是最常聚在一起吃飯喝酒的。浮躁的年代，能有人一起談論書畫、月旦人物，是俗世生活的小小奢侈。YU的工作室擺設極為簡單，一面書牆，一座紅酒櫃，一張長條木桌加上幾張椅子，就可以讓日常變得極有餘裕。這個工作室，刻意與家居隔了幾層樓，似乎比較不會被柴米油鹽之事干擾。超過兩百公分的長桌，的確適合揮毫寫大字。

陽台一隅，可以清楚看見後勁溪的落日。河水與太陽一起向西傾斜，然後日子就這麼一天一天過去了。我很是驚訝，鄰近的眾多工地紛紛建起高樓，當下查了房屋實價登錄才知道，後勁這一區已經很不一樣了。後勁溪在我年少的記憶裡，是「很有味道」的一條河川。如今沿著溪流健行跑步，或是騎著單車順流而下，不再覺得刺鼻難受了。

大高雄境內有八大流域，由北而南依次是：二仁溪、阿公店溪、典寶溪、後勁溪、愛河、鳳山溪（含前鎮河）、鹽水港溪、高屏溪。二仁溪、阿公店溪、高屏溪為中央管河川，其餘則為高雄市管轄。

後勁溪原名援中港溪，主流發源於曹公圳。後勁溪上游有兩大支流：一支為曹公圳與獅龍溪，流經八卦寮、仁武。一支為楠梓溪，發源於大社觀音山，流經三奶壇、大社、楠梓。中、下游流經後勁、右昌，於援中港出海。下游在清代名為井水港、右衝溪，入海處則稱為灣中港（今之援中港）、萬丹港。其出海口與典寶溪出海口，相距大約一公里而已。

在早期的農村社會，後勁溪原本清澈，可以提供灌溉用水。雖然暴雨來時會氾濫成災，但仍是一條可以親近的河流。一九七〇年代起，高雄開始發展重工業，這條溪流的命運於是有了巨變。河流所經之處，有仁大石化工業區（仁武工業區、大社工業區）、楠梓加工區、中油高雄煉油廠、台塑仁武廠。一時之間，石化產業發達，經濟起飛了。然而，廢水排入水渠，有毒氣體瀰漫，看不見的部分則是地下水、土壤受到汙染。

讀《煙囪之島：我們與石化共存的兩萬個日子》，讓我除了怵目驚心，便是悲痛嘆息。《報導者》團隊聚焦於二〇一五年後勁五輕關廠，全面追蹤報導台灣的石化產業。煙囪之島指的是台灣，而島上的煙囪之城正是高雄，尤其是仁武、大社、楠梓這些區塊。這本書上是這麼說的：「石化業在台灣的近兩萬個日子，每一個轉折都說明石化業是一個特殊而複雜的產業，它的誕生往往帶來龐大經濟利益，但也如一條巨蟒綑綁在煙囪下生活的人民，讓他們窒息，淪為環境難民。」「環境難民」一詞，說得無比貼切，也無比辛酸。

後勁溪流域，是我自幼生長之處，也是我們家族親友散布的地方。血緣或許也像是綿延的水系，有支流也有匯聚。就我記憶所及，最遠的流域大概可以追溯到祖父母那一代。就讀小學、中學的時期，家裡紅帖的信封都是交給我用毛筆書寫的。收件人的地址與姓名，就這麼流淌在我的記憶裡。祖父生長於橋頭，祖母生長於岡山，結婚後就搬到後勁溪的上游段。他們的交友圈，大致都在後勁溪沿岸。

幼時，我的呼吸道頗有問題，有時會嚴重過敏引發哮喘。祖母常帶著我四處看醫生，說也奇怪，離家越遠我的症狀就越輕微。我算是那種比較敏感的環境難民吧，一心想要逃離呼吸不順的地方。

二〇一三年，齊柏林《看見台灣》紀錄片，由空中俯瞰河流山川，後勁溪沿岸工廠排放廢汙水的問題，因而一覽無遺。廢水酸度高而且含鎳，鄰近農業用水恐受汙染，受重金屬傷害的田地需要長期休耕。鎳是致癌物質，長期食用含鎳農產品可能引發肺癌與攝護腺癌。

更早之前的大事發生在一九八七年，後勁居民為了阻擋中油高雄廠興建第五座輕油煉解廠（五輕），成立「反五輕自救會」，展開長達三年的抗爭行動。

某個詩人朋友跟我說，後勁人真是有鬥志有毅力。後來在政府以優勢警力鎮壓下，五輕於一九九〇年開始興建運轉。政府給予的承諾是，五輕運轉二十五年後遷廠。運轉期間發生過火災、爆炸、油雨，事發之時我已在異地求學，印象稍微模糊。二〇一五年，五輕正式關廠。關廠後空汙雖然改善，但土地早被汙染。油汙滲漏的土地面積，相當於八個大安森林公園。整治需要百億經費，而且遙遙無期。

我要升國中那年，將戶籍遷至鳳山，為的是可以越區就讀。我本來的學區在仁武國中，那時的仁武國中尚未遷至現址，校區緊鄰工業區，上課時巨大煙囪就在旁邊吐氣，我曾去那裡學過幾次硬筆行書，終究敵不過那種酸刺味道。在那樣的環境求學，我大概會每日流淚咳嗽。

氣味歷久彌新，尤其是引發痛苦的那些，穿透力實在驚人。記得就讀高中期間，有一回媽媽住院，我必須穿越夜裡大量排煙的工業區去醫院探視。一去一回之間，心裡滿是焦慮與無奈。眼睛鼻子受不了，涕淚直流，不知道是因為空氣太髒還是心情太壞。疾病如果有味道，我想應該跟石化廢氣的味道相去不遠。受夠了是怎樣的感覺？石化工業區附近的居民應該都很明白。學習禪坐的入門功課，是仔細體察自身的一呼一吸。在呼與吸的間隙，深度地觀照與覺察。我想，如果把禪定的人瞬間移動到仁大工業區，他們一定會因為喘不過氣而立刻驚醒。

五輕關廠了，我仁武的老家拆了，不過是這幾年之間的事。現在住的地方，離仁大工業區反而更近。每次行經仁大工業區，彷彿進入異次元，不敢相信這樣的汙染源就在住宅區旁邊。很多人買屋置產，就像是把自己種成一棵樹，努力在原地開枝散葉，一輩子是離不開這個地方了。只是，樹不會跟執政者抗爭，人倒是可以為改變命運做些什麼的。

後勁溪經過整治，或許墊高了周邊的房價吧。只是不知道，一條深受創傷的河川，要多久的時間才能恢復元氣？只能默默期待，有計畫地清疏河道、打通瓶頸段、綠化美化之後，水聲可以不再嗚咽，讓每一瞬流動都成為悅耳的音符。

俯瞰後勁溪流光燦爛，我拿起手機隨意拍攝幾張照片。鏡頭下，工業區的面貌不復存在，河流與橋樑各自相安，新建案林立。YU的工作室沾滿夕陽的光澤，攤開的宣紙上，大字墨色飽滿、神色飛揚，像是時間最快意的呼吸。

傷心流域
——淡水河畔步行悼YI

喔，主啊，賜給我們每個人屬於他自己的死亡
死亡，引他離開人世
在其間，他有愛，意義，與絕望

——里爾克

二〇二一年五月十七日，雙北疫情進入三級警戒，宣布中小學即日起停課，改以線上課程取代。消息傳來的當下，YI在臉書上發了一則訊息，很簡短，很決絕：「停課了」。他憂心許久的事情終於成為現實，病毒的威脅直接干擾日常。此前一

週，我們還在彼此互傳訊息，吆喝上健身房增肌減脂，好好鍛鍊增強抵抗力。然而，焦慮是有意義的，也像是一則提醒，提醒我們人身難得，活著就得面對操煩。

病與死的煩憂，從二〇二〇年初便持續延燒，把整個世界燒成火宅，身在其中的我們其實逃無可逃。國境封鎖了，我以為病毒可以阻絕在防線之外，偏安一隅的小日子終究還是可以期待的。怎麼想得到，防疫瞬間有了破口。正在放無薪假的我，二〇二一這人半年都在體驗能量療癒課程，深深相信只要累積心靈與身體的能量，做好所有防疫措施，這樣就足夠了，其餘不用太過擔憂。於是，盡量避免外出，避免與人接觸。採買之後回家，也得先用酒精消毒自己與物品，才能稍微放心。不出門的時候，閱讀，追劇，練瑜珈，看影片居家健身，或許也可以變成嚮往的生活。

也正是這段自肅防疫期間，我開始修習「步行禪」，在確保安全無虞的狀態下，戴上口罩獨自在住家附近健走，暢快流汗，一呼一吸之間宣洩無明煩惱。走得遠一些，就會看見淡水河，河邊暮色籠罩，讓我有萬物如新的錯覺。

然而ＹＩ是極度憂懼的。我一直知道，他的憂懼其來有自。他說家族裡大概有癌症基因，父母親不到五十歲就辭世，二〇一九年大哥因癌而歿，歲數只得四十五。

為此，YI買了充足的醫療照護保險，藉此抵禦防備那命定的威脅。他怕痛，怕病，怕死，尤其怕沒有尊嚴地死去，因而鄭重對待生活中一切美好的事物。健身時嚴格遵守教練指示，操練的組數次數必須在固定時間內做足做好。路邊停車也講究角度漂亮，把車子停泊得優雅。至於飲食，則是他此生最熱愛的功課了。漁人碼頭的大胖活海產與觀海茶樓是YI喜愛的店家，滿足吃的欲望，大概展現了最華麗的生存意志吧。

YI是我見過防疫工作做得最徹底的人，政府宣布三級警戒後，除了採買食物與必需品，他幾乎足不出戶，感時憂國成為日常情緒勞動。因應新課綱，YI總是認認真真地悲傷著，為了準備網路授課，迅速網購耳機、麥克風、燈光設備，唯一的心願是學生能夠持續進步。不管學生有沒有認真聽，我知道他是認真的，要把最好的作品分享給學生。因為備課壓力與疫情消息，YI寢食不甚穩妥，一個月下來，竟瘦了將近五公斤。唯有每週五下午課程告一段落，才能稍有鬆懈，藉著好酒美食聊以銷憂。

那段日子，他曾問我，為什麼可以這麼豁達？難道一點都不擔心嗎？

其實我是擔心的，擔心親人朋友是否安康，擔心這個世界會不會變得更壞，也擔心自己來不及好好道別就突然死去。前一個年度的健康檢查，醫生看了我的種種數據，大致上沒問題，只要我注意追蹤某部位瘜肉、心律不整與二尖瓣膜的問題，然後突然說了一句：「你知道高以翔嗎？」這令我一時愕然，待整理好情緒，冷靜地回答我知道。我當然知道，無常迅速，憂患的年代更宜倍萬自愛。只要照顧好自己踏出的每一步，就可以告訴自己，人生這樣已經很好了。

從那一刻起，我希望每一個當下都不要有遺憾，做該做的事，見該見的人，對生存心存敬畏，如此而已。

數週不見，從高雄回到淡水處理瑣事，我問ＹＩ要不要吃金蓬萊的台菜外送，要不要喝一些黎巴嫩來的紅白酒？ＹＩ說當然好啊，於是我立即下訂單，宅配迅速到貨，便在花梨木長桌擺上滿滿的酒食。一邊吃飯喝酒，一邊看了芒果ＴＶ的《希望的田野》。ＹＩ說心情有點激動，感動於一個電視台積極介入，就能幫助偏鄉農民在大疫關頭找到一條活路。由此延伸談到，一個良善的政權，最需要做的，就是讓每個人活得自在安好。外表看似冷淡疏離的ＹＩ，有著一副熱心腸，對弱勢群體的關懷從來都在。酒足飯飽，重看歌唱節目《聲入人心》，那些樂聲流蕩，把我捲入夢境。

ＹＩ說，吃好了，喝好了，可以好好睡上一覺了。殊不知，那竟是ＹＩ最後的晚餐。壓力積聚過久，ＹＩ在睡夢中因為心肌梗塞跟這個世界永久告別。電影《我想吃掉你的胰臟》裡，女主角以為會死於絕症，誰知道死亡提前到來，一起隨機殺人事件讓原本的憂患不再是憂患，死因不是病歿而是意外。但是，對很多人來說，死亡就是意外。我們多麼不願意承認，死亡才是人生最終的常態，只是離開的方式各有差異而已。

ＹＩ的最後一張臉書相片攝於二〇二〇年七月十二日，背景是淡水漁人碼頭夕照。大河在此流入台灣海峽，此岸望向彼岸，觀音山有柔和平穩的姿態。那時ＹＩ跟我說，他在此送行長兄，淒風冷雨的冬日乘船去海葬。此身還諸天地，樹葬與海葬都是好的。沒有標誌，不留碑銘，那是生命最好的結局。

ＹＩ離開之後，我的步行禪從紅樹林居家出發，有時向南走去竹圍關渡，有時向北走到淡水河口。一步一步走下去，那是思念的最好形式，去程在心中默念對不起，懺悔所辜負的一切，回程一直無聲地說謝謝，對世間萬物表達敬意。有一次在漁人碼頭木棧道上佇立，看見一隻套上腳鐐的鷹隼，忽然流下眼淚。原本應該高飛的禽鳥，因為命運與巧合被豢養於俗世，我不禁感嘆，生命原來不自由。不自由的事情，還真的太多太多了。

生命若有自由，那也許是川流不息，奔流到海，一去不回頭。河流、大海與遠天交接，相互親近，一起涉入了未知。

就長度而言，淡水河位列台灣第三，次於濁水溪與高屏溪。但就經濟、文化來看，淡水河流域人口約莫八百萬，占台灣人口數三成以上，是現下島嶼政治商業核心地帶。ＹＩ與我先後到此流域定居，與之一生相繫。

淡水河水系三大支流是大漢溪、新店溪、基隆河，大漢溪為最大支流。新店溪與大漢溪交會於江子翠，匯流之後稱淡水河本流。基隆河流至關渡、五股一帶注入淡水河本流。每次開車經過關渡大橋，總能瞥見淡水河下游這一段變得無比寬闊，除非颱風來襲，河面是一派平靜雍容的。由關渡轉進竹圍的斜坡路段，眼見水勢張揚，兩岸高樓夾峙，右岸為淡水，左岸為八里，天地盡頭彷彿就在不遠的前方。由此而向西北，淡水河是大片弧狀，默默無語流逝。出海口右岸在淡水沙崙，淡水河最終投向台灣海峽的懷抱。

從大學時期開始，我與ＹＩ交遊二十七年，是彼此從來沒有誤解的朋友。步行至此，我以為可以不流淚了，然而淡水河水系承載了無聲之淚，在最無邊際的海洋裡有了一點鹹鹹澀澀的滋味。

光臨——新竹隆恩圳札記

口罩年代，身體偶爾會發出孤獨的訊號，想要觸摸另一個人，想要被另一個人觸摸。不織布材質口罩帶來安全感，也許還提供些許隔絕的樂趣。只是這種觸覺經驗並不舒服，鬆緊帶扯著雙耳像是與皮肉有什麼嫌隙，臉部悶熱潮濕一不注意就長了疹子，呼吸時很有可能被自己的鼻息口臭熏到昏迷。然而這已經成為島嶼日常，生活是被罩住的。習慣有罩遮臉，難得在某些公眾場所合法地解下口罩，竟覺有點羞怯，或是猥瑣。

餐食規範改變，趁機推掉一些邀約，吃飯喝酒是快樂的事，不用勉強跟合不來的人在餐桌上硬聊。已經不想再相見的人，熱中抱怨世界的人，喜歡窺看別人隱私的人，習慣挑撥是非散布流言的人……我願意為他們禱告祝福，希望他們可以拔除痛苦，並且不再把痛苦傳染給身邊的人。如果無力改變這些人，只好將他們列在人生清理單上，盡力讓自己遠離汙濁的能量場。大學同學凱莉告訴我，她任職的學校有一位很特別的同事，從來不透露自己的私事，卻時時關注辦公室裡其他人的交談，甚至私下擷取他人在網路上貼出的照片與文字。其嗅覺敏銳有如偵察犬，一找到機會就刺探別人的生活。凱莉與這位同事座位在同一區，因此感到焦慮，這類型的人即使戴上口罩，仍然遮不住無止盡的埋怨，探聽隱私之後便是恣意地評論。

我可以體會凱莉的心情，跟那樣的同事講話，是多麼容易精疲力盡。我猜想，凱莉這位同事心裡應該很孤單，也經常控制不住內心的嫉妒、憤怒。關注了那麼多自身以外的事，卻忘了關注自己的內在小孩，這樣的人一定活得很痛苦，無法愛人也無法得到他人的愛。我想送凱莉一副好一點的降噪耳機，讓凱莉在自己的座位上用耳機屏蔽自己。

前兩年，有一些瑣碎的事不請自來，干擾內心的平靜。既是瑣碎，大概不用掛懷太久。只不過有時想維持表面和諧，反而累積更多瑣碎。其中一件，是某個網友一直窺看我的生活，打探我的行蹤，持續發訊息來閒聊，他不曉得太過一廂情願的熱切可能會造成對方的不悅。後來終於封鎖了他，切斷連結，稍稍獲得平靜。另一件則來得莫名其妙，我沒說過的話、沒做過的事，不知道被誰包裝成一個故事，到最後變成是我說、我做的。聽到朋友轉述的時候，我只能攤手苦笑，連辯解澄清都無力。默默之中，我知道那大概是陰暗處的人，於陰暗處發動的惡意。

始終覺得，不管善意、惡意，只要在不對勁的關係脈絡裡出現，就會令人不舒服。

我跟凱莉說，不快樂的時候就來找我吃飯，或是買一張車票，立刻奔向自己最想念的人，與他深深地擁抱。擁抱時專注於吸氣呼氣，把光明吸納進來，把穢氣排放出去……。在適切的身體接觸、一個深長的擁抱之後，可以這麼對自己說，我感到自由，也感到完整。人與人之間，關係清爽了，才會有好事發生。當煩惱現身，如果不能立即找到那個給予擁抱的人，可以退而求其次，想像某個可愛的人朝著自己飛奔而來，在想像中擁抱。一邊想像，一邊綿密地吸氣、呼氣，吸氣時微笑，吐氣時放鬆，是我獲得寧定溫柔的祕方。

在我心中，設定了幾個可以隨時飛奔而去的地方，也設定了幾個在想像中深深擁抱的人。有了這些設定，悲傷憤怒沮喪都可以很快得到安置。

漫長的八月，我為了閃躲心裡的悶雷與暴雨，常常奔赴新竹巨城附近朋友H夫妻為我打造的另一個家。五月中到七月中，台灣疫情險峻，許多親愛的人不得相見只能彼此想念。能夠互傳訊息報平安，用文字彼此擁抱，已經是極為幸福的事。正好是這段期間，我的幾位知交、導師班畢業的學生先後離開塵世，去到音訊渺茫的遠方。我頻繁地想起關於死亡的事，在死亡命題裡重建身心的能量場。清理積鬱最便捷的方式是移動，移動到另一處可以安然的空間。在新的空間裡，敞亮自己，把心事像被單一樣攤開來曬一曬，陽光照耀之下拍落細小塵埃。

H在我二十歲時出現，年輕的時候我們以爽朗乾淨的方式往來，即便經久不見也不會磨損情義。彼此相信，那是真正明亮的君子之交。盛夏時節，心情荒莽，H與他的妻知道我心裡鬱悶，立刻清理出家中一間套房，備好整套鑰匙，讓我隨時可以轉換空間自在歇息。我們在社群軟體設了一個群組，名為新竹家人，成員有我、H夫妻與他們的孩子。H常傳訊問我，什麼時候回家？回來想吃點什麼？那個家緊鄰隆恩圳，旁邊就是中央公園。

因為H一家，新竹市的一切閃著微光，讓我成為某種趨光動物。隆恩圳與護城河一帶，最有安和靜好之感。二〇二一年初的新竹燈會停辦，夏天登場的「光臨藝術節」彌補了缺憾。在這科技之城，光影映射在古蹟上，雕刻了夜晚，留下時間的剪影。

燈光鑿出一個全新的城市，讓城市換上另一張臉，光流跳動在黑暗之中，不斷噴薄顏彩。聲光令人亢奮，照明設施對都市人的生理時鐘施加法術，某些神奇思想只適合在夜間飛行。

雨後新涼，吃過晚餐，H和我沿著隆恩圳散步消食。就字面上來看，恩與怨往往對舉，隆恩這個名字，或許暗示曾經有過仇隙。

我們沿著發光的水圳慢慢走，聊起一些沉重悲傷的事。H跟我之間有一種奇異的相契，不管再怎麼憤慨痛心的事情，只要跟對方聊聊天，壞情緒會立刻消散。如果相談時有一桌好酒好菜，驅逐負能量的速度會更快。隆恩圳的燈區設計，出自幾個國家的團隊，彼此獨立又相互呼應。因為下過雨，水流變得比較急。三百年前，這水圳已經存在。它一直維持流動，讓我的心情也跟著流動。原本覺得有點可惜，燈區展示期不長。念頭一轉，感激著這片刻的照亮。這些發光體無法恆存也沒關係啊，就讓它們在記憶裡發光也很好。

圳是閩粵一帶方言，指的是灌溉用的溝渠。新竹隆恩圳、嘉義縣道將圳、彰化縣八堡圳並稱為台灣三大古圳。隆恩圳源頭來自九芎林溪（日治時期稱頭前溪中段以上為九芎林溪），頭前溪口分為南北兩路，南路即是隆恩圳本源。康熙年間，王世傑開墾竹塹，因為灌溉之需，鑿圳引水，昔日此圳灌溉面積可達四百甲，舊名就稱為四百甲圳。至於改稱隆恩圳的緣由，乃是乾隆年間王、鄭兩家爭訟，王家敗訴。王家曾向台灣城守營參將借款，久訟之後無力償還債務，官方特准王家以田地相抵，埤圳一併歸為公有，因而改名隆恩圳。

早期圳水灌溉田野，亦可飲用，是生活中重要的水資源。工業發達之後，各種廢水排入溝渠，隆恩圳由清澈轉為汙濁。早前隆恩圳切分三民路，河道左右兩側聯通不便。二〇一八年，市府著手整治，打造隆恩圳景觀空間，保留古圳與老樹，闢建綠地以及遊憩空間，都市綠帶於是逐漸成形。

H與我初相遇的那年春天，有過幾張合照。照片中的我們，彼此敞開懷抱，歡迎對方光臨自己的世界。我們的體溫與氣息，在擁抱之中流動，在心裡開鑿一條幸福的河道。最隆重的恩義，往往不需要說謝謝。H與我，正是那種可以不用說謝謝的朋友。不用說謝謝，因為早已經是家人了。

平安——想念安平以及運河

夏天快要結束的時候，一陣強降雨讓氣溫驟降。雨水噴擊玻璃窗，唰唰有聲，窗外街景趨於暗淡。整座城市似乎浸泡在一個漫漶的夢裡。抵達旅館之前，我撐傘獨行，踏著那些不連續的夢緩慢前進。

聚餐的時間還沒到，打開電視亂轉，轉到夢多主持的旅遊節目「地球的慶典」，一集一集往下看。那當下恍惚覺得，幸福在遠方，當下看著電視竟然也可觸及遠方。所謂幸福，是知道這一顆心有個溫暖的去處。隨意看了仙台、青森的旅遊片段，那些熟悉的場景讓我想念，而某些尚未到訪的地方則一一放置在願望清單裡。曾經結伴同行的友人C預約打第一劑AZ疫苗，我特來陪伴。此前我深受疫苗副作用之苦，於是決定來府城，隨時有個照料。也趁著這一趟小旅行，跟幾個朋友輪流約吃飯，聚集光明善好的能量。

窗外的雨如同屏障，讓我跟世界之間保有一點距離。有遠近迴旋的白噪音作為憑靠，我的腦袋安安靜靜的，止息了顛倒夢想。

朱天心《三十三年夢》曾經提到：「不夠熟的人、不夠喜歡的人，是不會與之同遊京都的。」或許有些人可以把朱天心的話倒過來說，因為曾與之同遊，其後便成了不熟的人、不喜歡的人。選擇旅伴這件事，真是機會與命運的考驗。繼續同遊或者終成陌路，聚散之事總是難料。

跟法蘭克約在台南吃晚餐，餐後找了一家咖啡館繼續喝飲料聊天。法蘭克的斜槓人生被許多友人羨慕，不管是本職工作或是業外投資都經營得有聲有色。吃飯的時候，法蘭克一直恍神，眉頭緊緊的，心裡似乎有什麼重要的難題還沒有解決。直到去了咖啡館，他接到一通電話，終於神色大好。

電話是房屋仲介打來的，告訴他理想的物件已經談妥條件，斡旋完成只待正式簽約。望著法蘭克興奮的臉，我也被感染了，為他歡呼，大聲說恭喜恭喜。買房子是件好事，尤其是買來自住的。雖然過程有太多曲折，但總算是在買賣雙方都樂意的狀態下達成共識。那個理想的家屋二十多坪，兩房一廳，就在安平，鄰近運河。

買房子跟結婚，都是人生大事，要有賭上一輩子的決心，也要有承受風險的準備。正在積極尋覓對象的法蘭克，期待屋子裝潢完工之後，心居也有依伴。那幢家屋是以兩人生活為前提買下的。到時如果還是一個人住，打掃起來也不會太累。步入中年之後，法蘭克說不再承受得起轟轟烈烈的愛情，只求安靜舒服地走向下半場人生。手機裡的幾個交友軟體，會自動為使用者配對，大數據分析出來的理想伴侶，可能比自己胡亂尋覓要來得合拍。參照雙方各種條件進行媒合，對的人好像很容易出現。

為了迎接那個對的人，法蘭克非常勤勉地打點自己，定期上健身房、練瑜珈，每年冬季安排休假去做醫美，進廠維修是為了塗銷年齡的斑痕。外在維持光鮮之餘，內在也要力求燦爛奪目。他大量閱讀理財投資與心靈進化的實用書，同時關注好看的文學作品與電影。隨時處於準備好了的狀態，法蘭克只能自我解嘲，對的人不是已經錯過就是尚未出現。每一次的「非誠勿擾」，結局都是「謝謝再聯絡」，實在是太感傷了。

說來有點尷尬，他在交友軟體上約了一個社會新鮮人碰面，對方有個美麗的錯覺，猜測法蘭克大約三十歲上下。法蘭克硬是把實話吞回去，說已經三十八了，對方有教養地恭維，真的看不出來啊。殘酷的現實是，三十八是謊報，法蘭克悄悄減去了八歲。終歸是騙不了自己，真實年紀是即將知天命，跟對方的爸爸差不多。我說年齡不是問題，老少配有何不可，大叔也是有市場的。法蘭克說沒那麼簡單，男同志在三十歲之後與老人無異。

「有這麼誇張嗎？」我問。

「這沒有誇張，是現實。」法蘭克有嚴重的年齡障礙，一直無法跟約會對象坦承自己超過四十這件事。

「說不定有些人有戀父情結，你說出實際年齡沒關係。」

「我還是沒辦法。」

「那就維持現狀吧。一個人不錯，以後有機會遇到了，兩個人也很好。」

「我還是想趕快找到啊。」法蘭克的眼神突然閃過些微滄桑。

除了房子跟感情，我們還談及許多中年生活的話題。我的目標很明確，只想要把一個人的日子過好。不想有任何牽絆，是因為早已明白，自己無法為另一個生命負責。要為自己負責到底已經夠艱難了，何苦貪戀那些效期有限的感情依偎。

法蘭克定居台南，除了偶爾的職業倦怠，生活夠愜意的了。葉石濤說：「這是個適於人們做夢、幹活、戀愛、結婚，悠然過日子的好地方。」我想像著退休以後，回到溫暖的南台灣過生活，或許會跟幾個獨身的朋友住在同一棟大樓，彼此守望一個人的老後。

很年輕的時候，我曾以為自己會成為台南女婿。師範生公費分發那年，我選填的第一志願是台南市（縣市合併之前的台南市）。缺額過於稀有，我終究沒有分發到台南市。感情發生變故，我也沒有成為台南女婿。這些因緣巧合都記在心裡，台南的生活氣味呼喚著我，從未切斷連結。我心念相繫的朋友，常常宅配寄來台南美食，在簡短的問候訊息裡互道平安。

二〇二一年七月二十七日那天，為了策展之故匆匆趕赴安平。那是一個特別的日子。之所以記得這麼清楚，乃是疫情三級警戒以來，餐廳不開放內用，在外聚餐變成一件奢華的事。於同生老師的年度書法展找我一起策畫，當天相約一起勘查場地。勘查結束，游明龍老師要趕高鐵北上，於是我們決定迅速找些小吃填飽肚子。剛好看到運河旁周氏蝦捲已經開放內用，三人便入內各據一張桌子，對著透明隔板朝另一端發話交談，像是三角傳球。不約而同感嘆，這是兩個多月來第一次在餐廳吃飯。我們在黃昏之前離開，運河靜謐，波光耀眼，幸福平安大概就是這樣的顏色。

疫情期間，島民有太多苦悶無處宣洩。我覺得這時候藝術應該有一個使命，就是報平安。運河旁吃蝦捲的記憶，讓我多了一些關於安好的想像。

道光年間，府城開闢運河，水路交通往來順暢。日治時期舊運河淤積嚴重，於是闢建新運河，古運河運輸功能由新運河取代。古運河如今成為樹木濃蔭披覆的綠色隧道，記載了時光的流動。新運河適於散步遊憩，亦有遊船觀光價值，那一帶特色小店林立，也是美食集聚之處。往日時光，一府二鹿三艋舺都有美麗的河道。鹿港的沒落，與河運淤塞不通有關。讀洪棄生〈鹿港乘桴記〉，每有繁華興衰之感。河道淤淺，鹿港飛帆之景不見，那是世間常態，然而用情越深越要忍不住嘆息。尋求安好自在是普遍的想望，想望落空了，難免像洪棄生那樣悲憤。

我想像未來法蘭克的家屋，可以俯瞰河景，只是不知道是否有人與他並肩佇立眺望遠方。我喜歡運河，大概因為裡面有一種人為的力量。平安有時取決於天意，有時則在人為。天意與人心，其實可以相互溝通成全。

順帶一提，晚近二仁溪、鹽水溪流域水質變好許多。只在水質優良處存活的鰻苗，近來出現於二仁溪河口。台灣石鮒、假鋸齒米蝦這類不耐汙染的物種，也在鹽水溪繁衍起來。知道這些物種安好的消息，讓我莫名地快樂。

呼喚——獅龍溪憶往

我仍在抵達，為了歡笑和哭泣、希望與恐懼。
我的心跳是所有生命的生滅。
——一行禪師，〈請以真名呼喚我〉

幾番設想，往後若是經濟條件許可，希望能在獅龍溪畔的建地上種植一幢新的家屋。在網路上查詢過，想要擁有一幢移動的家屋並不難，價格也非常合理。這個想法來自於「宥勝去哪兒」的 YouTube 個人頻道。宥勝選擇在台中清水建造一間移動木屋，這是他與家人討論之後決定的「迷你屋（Tiny House）計畫」，為期三年。三年後即是孩子進小學的年紀，他們全家可能要啟動另一個環球計畫，於是訂定出這個家屋的有效期限。這項迷你屋計畫，先租地然後造屋。宥勝的需求是親近大自然，至少要居住在稻田旁邊。他的妻子蕾媽出於機能考量，希望鄰近有超商、量販店。宥勝從租地、整地、庭園造景乃至完工，總共耗費一年時間，終於實現迷你屋計畫。

土地是不動的，但屋子可以移動到任何想去的地方，這真的很像一座超大型的露營車，有漂泊也有安住。如果擁有這麼一幢移動之屋，所到之處即是家，或許那時能更加明白，唯有安住在當下才是真正的回家。被穩定的工作牽絆著，想要實現這樣的計畫應該要等退休之後才有可能。所謂穩定的工作，不過是一連串自我妥協的結果而已。妥協之後還能得到一些成就與快樂，就算是一份還不錯的工作。我看見不少人為了一份穩定之感，逐漸放棄想像力，使得靈明之性消磨殆盡，工作越久越沒元氣。

少年時曾經一起寫詩的同齡友人L，如今不讀詩也不寫詩了。他早早娶妻生子、買車買房，完成了一個中年男人該有的世俗願望。生活裡能夠遇到詩的機會，是孩子拿著測驗卷來問答案是什麼。他懷疑那些片段、零碎、被支解過的句子是詩嗎？詩怎麼會有標準答案？偶爾看到我的句子出現在考題裡，遂打電話來嬉鬧幾句，結論是要我別再害人了。

熱中寫信的高中時光，L曾寄來不少信件，偶爾夾帶自以為得意的個人照與幾卷錄音帶。許多年少友人至今還會背我舊家的地址電話，然而那支電話早已停用，不再有人寄信到那個地址了。高雄縣市合併之後，舊家行政區域的名稱有異動，縣劃為市，鄉變為區，村改為里。

舊家三合院拆毀之前幾個月，養了多年的老狗體衰往生，家人情緒甚是低落。媽媽從此決定，以後不再養狗。雖然家裡的孩子喜歡養貓養狗，但為了避免日後傷心，暫且還是不養。畢竟，此間生死流轉之事已經太多。

我們家人跟動物之間有種奇妙的緣分，除了曾經豢養過的牛羊雞鴨烏龜兔子，可愛的貓狗鳥雀也常常自己跑來投靠。貓狗來了，就多準備一些食物給牠們，牠們想來就來想離開就離開，一切隨緣不強留。待得久了不想走的，就統統成為家族成員。

早先很難明確指出我家在哪裡，有了仁武焚化爐的巨大煙囪與義大世界的摩天輪之後，我告訴朋友舊家位置就在這兩者之間，這樣就很容易辨識方位了。然而，我比較喜歡的指認方式是：臥虎山下，獅龍溪畔。臥虎山是座小丘，獅龍溪是條小河。小山丘、小河流以龍、虎、獅這幾種生猛動物為名，意象或許不太精準，但這些名字用久了總覺得有一股奇異的威力。陰陽師說「名字就是咒語」，我是相信的。

獅龍溪發源於大社觀音山，河道寬約十米，沿途流經仁武，是仁武的主要河川。仁武地形東高西低，獅龍溪一路向西南流去，與曹公圳在八卦八孔涵匯集後注入後勁溪，當地八涳橋即獅龍溪與後勁溪的分界。

本地居民篤信風水堪輿之說，獅龍虎豹一類的名稱大抵意謂溪水容易暴漲，凶猛有如龍虎。事實也正如此，地勢使然，早期仁武逢雨必淹。記憶中，二〇〇〇年以前只要颱風來襲，中下游周遭道路幾乎隱沒，水深幾可及胸。二〇一〇年縣市合併，獅龍溪、後勁溪統一歸為高雄市管轄，水利局規畫開闢獅龍溪滯洪池，用以調節溪水流量。滯洪池完成後，具有防治水患、觀光遊憩的功能，池畔常有人散步或垂釣。

據說，在我不記事的時候，差點在獅龍溪滅頂。那時家裡養牛種田，媽媽做著農務工作，讓剛剛會說話的我在地上玩耍。一不注意，我踏進清澈的小溪，越走越遠，溪水竟已淹至脖子。我一邊嚎哭，一邊叫喊著媽媽、媽媽……。媽媽猛然回頭，驚覺孩子陷在溪中張臂呼救，慌忙地把我抱回家裡，沿路流淚不止。大人們說，這個孩子每夜啼哭，要找師父收驚，把三魂七魄喚回來。果真，收了驚就再也不夜哭。

童年時不經意聽見，我原來還有一個小叔叔。那個小叔叔幼時戲水溺斃的，來不及長大。

諸多原因疊加，長大的過程，我一直被禁止玩水，直到國中才終於學會游泳。但是，國小剛畢業還沒學會游泳的我，早就跟補習班同學偷偷溜去溪邊玩水了。那位同學水性極佳，精實的身體曬得黝黑。只記得那個夏天陽光照耀，溪水燦亮得讓人暈眩。那是獅龍溪上游，水質比較乾淨，玩累了我們就躺在岸上休息。幸虧當時沒有遭逢伏流，無知而勇敢的我才能順利長大。進入青春期，內在的暗流湧動，則是另一種凶險。

二〇二〇下半年開始放無薪假，比較常待在高雄陪伴家人，聊起一些好久好久以前的事。左右鄰居十來戶人家的土地產權重新釐定，整排數十年的舊式三合院悉數拆除。有些人家重建透天厝，有些則是任憑土地閒置。最常玩在一起的小學同學都搬走了，唯有搬至不遠處的S會不時回來這一帶閒逛，不過我一次也沒遇上。

都是聽附近新住戶說起的，S的父親似乎深受抑鬱所苦，十年前上吊自殺。S神智恍惚，大概是思覺失調，無法正常工作，在村里中鎮日晃蕩。遇到熟識的人，S會說我是他小時候最好的朋友。S的舊家夷平，一直空著，沒有人打理，石隙磚縫中長出頑強的雜草野花。

沒有薪水收入的一年裡，有徹底歸零放空的感覺。這一年最喜歡的兩部紀錄片是《本來面目》與《正念的奇蹟》。《本來面目》讓我更能理解，聖嚴法師為什麼會說「本來沒有我，生死皆可拋」。意識到本來的樣子，「沒有我」不是真的沒有我，而是把我安放在浩瀚的生命之流，不以我的悲喜為悲喜，才有真正的超脫與自在。《正念的奇蹟》裡，一行禪師的身影與聲音讓我流淚，喜悅的淚水洗淨心裡的塵埃。

《正念的奇蹟》最讓我動容的場景，是五歲的小女孩傷心地問禪師，自己心愛的狗狗死掉了，要如何才能不要傷心難過。一行禪師平靜地說，這是一個很難很難的問題。他的回答像一朵雲，像一陣清風，像小河淌水：「你望著天空，看到美麗的雲朵，結果風一吹來，那朵雲就不見了。雲變成雨水，流進溪裡，你喝茶的時候，茶裡就能看到那朵雲。你喜歡天上的雲，它化為雨水落下，成為手中的茶……。」「我們以為逝去的，其實並沒有消失，只是以另外一種形式存在。」

當我想念某些逝去的人，總是設想他們已經變換形式，存在於萬物之中。萬物之中有他們，這樣的想法讓我感到安慰。生命是不斷抵達也不斷離開的歷程，歡笑有時、哭泣有時。一行禪師的詩歌〈請以真名呼喚我〉扎扎實實地接住了我：「不要說我明天就要離開/——即使今天，我依然在抵達。」「請以我的真名呼喚我，/讓我立刻聽到我的哭泣與歡笑，/明白苦樂同為一體。」至於真正的名字是什麼？我想這是一個祕密。

附記：二〇二二年一月二十二日凌晨，一行禪師在越南中部順化的歸原寺圓寂。

夢中河流

二〇二〇年冬天在金門旅行時，訂了一間離海很近的古宅民宿。民宿為閩式建築，主體維護得很好，內部裝修費了不少心思，現代化的水電衛浴設施完全不顯得突兀。入夜之後，時有大風吹擊門窗，木栓咿呀咿呀地叫喊，門板也叩叩有聲，不太習慣這樣的音響效果，於是很難成眠。即便睡著了，也是容易中斷的淺眠。夜半醒來，發現床頭放置一台白噪音播放機，才忽然體會到民宿主人的細心。

有睡眠障礙的人，常借助白噪音入眠。白噪音是可檢測的範圍內，頻率維持一致的聲音，譬如穩定反覆的風扇聲、下雨聲、浪濤聲、火車行進聲。因為這樣的規律性，能夠遮蔽突如其來的聲響，似乎也對大腦形成欺騙。街道上救護車鳴笛，鄰居家的狗吠，器物掉落……，這些偶發的刺耳噪音將會被白噪音覆蓋，變得不那麼刺激。白噪音如同一層保護罩，阻擋了雜亂與干擾。

那晚，我把民宿提供的白噪音機打開，設定為浪濤模式，有潮水來去作為陪伴，安頓了一場悠緩的睡眠。輕輕搖晃的夢中，有河流與海洋，彷彿是高雄這座海港城市的聲音。

旅行結束，我回到高雄，陪朋友T去看房子。遠道而來的T說喜歡住在有河流經過的地方，沿著河流散步是理想生活的幾項指標之一。愛河沿岸有幾個新的建案，頗是符合期待。我從前選擇居所，沒考慮過是否鄰近河流，總以生活機能方便為主。然而機緣巧合，我從前在花蓮的住居面對太平洋，附近就是美崙溪出海口。遷居淡水以後，常常提早一站下車，沿著河岸散步回家。雖然沒有刻意選擇依山或傍水，但山與河的召喚似乎一直都在。跟山對話，跟河流對話，跟自然對話，大概是人類的生物特性。跟朋友說，如果要選擇退休後的住所，愛河沿岸新起的樓房確實可以帶來幸福的想像。

一九九〇年代初期，就讀於高雄中學的我，無法主動親近這條以愛為名的河流，那時即使談戀愛也完全不會想要去河岸遊憩。愛河的支流距離校門不遠，說是支流其實是一條會發臭的水溝，而愛河在我童年時期早就已經是超大型的臭水溝了。

愛河的長度十多公里，源頭在高雄市仁武區八卦寮，於高雄港出海。更古遠的時期，當然會有一些滄海桑田變遷的故事。愛河流域起初是淺海，後來成為沼澤、濕地，原本河川埤塘交錯。日久年深，一條清淺的河道漸漸定型。日治時期經過疏濬，成為可供交通運輸的運河，當時名叫高雄川。愛河的名稱由來有個說法，光復初期有商人在河畔設置遊船所，提供遊客划船搭乘，船上最適合情人親密依偎培養感情，愛河之名就此傳開。

一九六〇年代經濟轉型，高雄成為台灣工業重鎮，加工出口區、中鋼、中油、中船都是工業化的里程碑。快速發展的城市，有不可避免的宿命，進步夾帶破壞而來，改變土地與河流的面貌。注入河川的家庭與工業汙水遽增、工廠廢氣排放造成酸雨，愛河的體質飽受蹂躪，要費數十年之功才能使元氣復甦。

酸臭之河的形象，盤據我的青春時光，令我不敢逼視、不敢靠近。高中同學之間常常交換跟河有關奇怪的情報，也創造了一些屬於那個年代的傳說。有港口河流處，多有色情產業。河與河的支流，遍布舞廳、酒吧、賓館、理容院，霓虹閃爍處提供各類檔次的服務，色情當然也有階級之分。流連徘徊當街攬客的是流鶯，當地人稱為站壁仔，意思是倚壁而立的私娼。我們那群高中男生常掛在嘴邊的「轉大人」，指的是初次性經驗。傳說中，幫同學慶生最好的禮物便是集資湊個一、兩千元台幣，送他去召妓轉大人。按照台灣南部習俗，處男之身被妓女所破，妓女還會包個紅包給初轉大人的男子以示慶賀。不過，這真的只是傳說而已。

然而有件事不是傳說，真真實實地發生了。我高中畢業十年後，有個十八歲的母校學弟，與愛河畔的流鶯因性而愛，最後放棄了家庭學業，追隨那位比他大三十歲的女子一起生活。二十年過去，我依然繫念這起新聞事件的男主角，不知道他的愛情是不是有始有終。

二〇一五年春天，因為撰寫《慢行高雄》，我重新認識愛河。歷經長期整治，愛河有了幽靜文雅的氣質。色情產業消弭無蹤，河水也不臭了。我喜歡從河流近海處往上游走，潮水自然傳遞的白噪音屏障了現實的煩憂。人少的時候，河邊夜景尤其有一種精緻的美。當愛河重新有了遊船，船上的遊客也成為風景的一部分了。有時租借公用自行車，沿著河岸車道騎行，騎到河流中段即是愛河之心，我往往在此停下歇息。暗夜裡，由兩個湖面組成的愛河之心安靜發光，看著就覺得安心。

如果城市裡有一條可以讓人親近的河流，如果河流旁邊就是自己的家屋，這是多幸福的事。如果不能定居在這樣的空間，偶爾造訪也會讓心情舒坦些。朋友T在職場上長期疲勞，體力與情緒都久經耗損。面對公司業務、同事紛擾以及成就壓力，情緒方面出現強烈的倦怠感，覺得生命力不能再如此耗竭。

我跟T在願景橋旁的咖啡館戶外座位區坐下，看著天空發呆，想像著新蓋的樓房裡會發生哪些故事，不由得向彼此喟嘆，好想住在這樣的地方。立刻建議T變改行程，取消原本預訂的車票，在高雄多住一個晚上。幫T預約了愛河旁的國賓飯店，希望他夢中不會出現勞動的故事，而是一條會唱歌的河流。也希望夢裡的河流，帶來的是想望中的安居。

那些有你的風景

冬季陽光傾斜照耀，人行道旁烤地瓜攤位上煙霧繚繞，香氣顯得細膩悠緩。沿路的櫻花樹葉片落盡，唯有枝幹兀然挺立。冷清蕭瑟的風景裡，我跟幾個同伴約了在奈良隨意行走遊逛。之前有些朋友看到我的行程表頗為疑惑：怎麼會安排在奈良連續住上五晚？大多數遊客認為，來奈良頂多玩兩天就很足夠了。對我來說，那實在是不夠的。一般的團體旅遊規畫，不外乎跟鹿群近距離接觸，加上東大寺、春日大社匆匆拜觀，很少有團體會選擇在奈良過夜。我特別喜歡遊人散去的黃昏與夜晚，奈良市區街廓空蕩蕩的，被餵食得過飽的鹿慵懶坐臥。

因為在奈良住宿的天數較多，沒有非去不可的地方，沒有非做不可的事，伙伴們都有共識，當下舒服愉快就是最好的行程。我們往往走沒幾步路就停下來，恣意撫摸冬天長了新毛的鹿。傳說中奈良公園裡的鹿是神的使者，一直受到當地居民的照顧與保護。看到一則新聞，奈良公園鹿群擁有獨特的基因型，是其他地區鹿群所沒有的。千年以來，牠們在這個小小區塊生活、繁衍，始終維持這份獨特，這或許跟長期被保護有關。我一直覺得牠們眼神乾淨清澈，是我最坦率爽朗的朋友。看到牠們，總會想起幾位提早前往另一個世界的友人。

某一年來春日大社看夜間點燈，走在參道上恰好與一頭鹿四目交接。默默對望了一陣子，當下有點恍神，不知道這頭溫柔小鹿究竟要對我傳遞什麼訊息。回過神來隱約覺得自己閃著淚光，眼前變得有些模糊。大概只有在這裡，人跟鹿的關係可以如此親近，此城因緣至為殊勝，關鍵在於推動現代化進程也一併設想了鹿的生存問題。比如說，開車的人除了要遵守交通規則，還要留意鹿群的出沒，對鹿造成傷害是有罰則的。偌大的公園找不到垃圾桶，是要防止貪吃的鹿誤食人類的垃圾。公共廁所入口設置一道拉門，也是怕鹿會誤闖。因為有了鹿，奈良人的習慣以及思維漸漸變成現在這個樣子。

說來奇怪，人這種動物雖然常常同類相殘，但只要多讀一些人類關懷其他物種的故事，就會讓我感到安心。

沿著東大寺旁的小路往上走一小段，就是半山腰的二月堂。從二月堂門前平台，可以俯瞰奈良。平原上屋舍儼然，視線所及最遠的地方有一片低山，山巒與大片藍天相接，這是晴朗無雲的日子。藝人鈴木亮平拍攝一系列奈良宣傳海報，有一張形象照就是在二月堂取景。每年三月一日起的前兩週（從前是在陰曆二月），固定舉行「修二會」儀式，因此名為二月堂。天平勝寶四年（西元七五二年），實忠和尚（東大寺開山良弁僧正的高足）創設此一儀式，法會儀式傳承將近一千三百年，年復一年未曾中斷。人類為時間命名，留下刻痕，其中有奧祕有偏執癡迷。正因如此，傳統若是曾經中斷那就可惜了。只要中斷一次，即是記憶的缺損。

二月堂祀奉的本尊為十一面觀音，修二會法事的正式名稱是「十一面悔過」。修行的僧人被稱作練行眾，他們代替所有人，為世人犯下的各種過錯舉行懺悔儀式，祈求國運興隆、五穀豐登、人們可以獲得幸福。在這裡抽到一支大吉籤，大概暗示自己正在被整個世界祝福吧。

臉書動態回顧常跳出寒暑假期間的旅遊紀錄，一格一格的畫面藏有往日足跡，也藏有曾經一起共享賞心樂事良辰好景的人。二〇二〇年二月一日晚上，與高中時期文藝營的朋友伊蓮娜約好在奈良碰面，想要找一家居酒屋好好吃飯喝酒，聊聊各自的近況。她住宿奈良，我則是在南邊的大和八木，於是選擇位於中間的大和西大寺車站相會。我在網路搜尋了評論，發現一家位於國見小路的居酒屋，店家提供割烹料理以及當地的清酒。入店之後，我實在弄不懂日文菜單，於是指著網路評論照片跟老闆娘說這個那個都來一份，就這樣點了十幾道菜。

餐桌矮而且小，很快便布滿酒食。我跟伊蓮娜靠得很近，就像十八歲的夏天初遇那樣。我把兩位碩士班學弟介紹給她認識，新朋友可以很快地交心，也是一種緣分。二〇二〇年開端，世紀大疫迅速散開，我們卻絲毫沒有察覺亦全無防備，世界即將陡然改變，往後三年的日子一步一步都艱難。隔離，封閉，禁絕，這些概念像夢魘一般撲擊了我們，這才發現自己身為一個人該有的苟且都有了。親愛的人有的生離，有的死別，而櫻花依舊照常開放。彼時舉起杯盞互祝安好，天真地預期，春天來看櫻花，夏天要去北海道看薰衣草。誰也不知道，那一年的機票訂了之後全部都得取消。習以為常的快樂被沒收，我們的幸福變得粗糙而猥瑣。

聚餐結束，與伊蓮娜一起逛大和西大寺車站裡的藥妝店。一月底二月初，日本民眾已經開始搶買口罩與消毒清潔用品。我們一行人何其幸運，在奈良一起買口罩，作為這次重逢的紀念。

時隔三年再次跨越國境，二〇二三年冬日，兩位新朋友加入奈良旅遊行程，五人餐敘安排在大和西大寺同一家割烹居酒屋。滑動手機，把舊日動態召喚出來，出示給老闆娘，告訴她三年前同一天我來這裡吃飯喝酒。老闆娘直說謝謝，我的固定遊伴布里奇聽了這番對話差點掉下眼淚。三年過去，我們都成了怎樣的人？

與前一次不同，這回五個人被拆成兩桌入座。點了吉野地酒「花巴」，兩桌朋友隔空敬酒祝賀，互道此生愉快。此生愉快，是我們這次行程最常說的吉祥話，喝酒時必備。

隔桌坐著一對奈良夫妻，看我們隔空敬酒似乎有點滑稽，大輔先生對我投以疑惑的眼神，我趕緊舉杯向他致意，對著大輔和他的妻子美加解釋，三年前同一天我們吃飯時位子正是他們那桌。這時他們露出不好意思的神情，一再致歉要把桌子讓給我。我尷尬極了，直說千萬不要，頻頻舉杯表示這樣已經很開心了。很開心認識奈良當地的朋友，有這份運氣一起吃飯，真像日本人說的那樣，一期一會。有點感慨地說起，若不是疫情，這三年之間來奈良的次數應該會超過五次。太久沒來了，我很珍惜路途中遇見的一切。

我這麼相信，相遇時彼此珍惜，對往後的日子才能有期待。

多虧有手機即時翻譯軟體，我跟大輔、美加夫婦分享了日劇《初戀》和《舞伎家的料理人》劇照、鈴木亮平的海報、奈良今井町街景、吉野山金峰山寺藏王堂御朱印，告訴他們這些戲劇、圖像的神奇魔力。某些畫面一閃即逝，可是它們停駐在內心深處，宛如一顆沒有名字的種子。時間澆灌它們，記憶的沃土滋養它們，直到奇妙的機遇出現，花就開好了。

第二瓶花巴上桌，多要了兩個酒盞，分享給大輔夫婦。酒精讓人放鬆，容易亢奮，交談的音量越來越大，跟喜悅的強度同步。

大輔夫婦年紀略長於我，女兒二十三歲，在東京當導遊。美加跟我一樣，從事教職，喜歡是枝裕和的電影。因為聊起鄧麗君、歐陽菲菲，我告訴美加，鄧麗君如果還在人世，二〇二三年就滿七十歲了，美加不可置信地哇了一聲。那是跨越國界的共同回憶，四十二歲的鄧麗君永遠不會老去，永遠不必再經歷任何滄桑變化。只要哼起熟悉的旋律，鄧麗君就會出現於腦海，跟浮空投影虛擬人像沒什麼兩樣。酒酣耳熱之際，我忍不住在席間唱歌，那首歌只能是〈我只在乎你〉：「任時光匆匆流去我只在乎你，心甘情願感染你的氣息。人生幾何能夠得到知己，失去生命的力量也不可惜。所以我求求你別讓我離開你，除了你我不能感到一絲絲情意。」音樂裡有太多心事，可以不用明說的部分早已隨著音符跳躍起來。

酒肴已盡，歡聚到了尾聲。交換了通訊方式，鄭重邀請大輔夫婦到台灣旅遊，希望有緣再聚。跟老闆娘結帳時才知道，三萬日圓左右的餐費，原來大輔先生搶先幫我們買單了。太不好意思了，我們說。大輔熱情直接，要我們別掛懷，他很高興能夠一起吃飯。

告別的時刻，大輔夫婦站在餐廳門口，目送我們離開國見小路。

人生多離別，或者該這麼說，離別才是人生的常態。電影《大約在冬季》提到「相聚是奢華」，我真心感謝偶然相逢凝聚而成的諸多奢華。這部電影為觀眾提問，死別與生離哪一種比較容易？馬思純飾演的女主角安然說：「總有一天你會明白，所有的死別都好過生離。」死別的一次性悲傷需要慢慢消化，生離之後的怨懟或牽念往往又拖又磨似乎看不到盡頭。對我來說，兩者其實都不容易。

摯友YI在二〇二一年夏日驟然離世，他正當盛年，此事誠難逆料。明知道無常往往如此迅猛，歲壽實乃天定，卻還是難以自我開解。驚愕，怖懼，疑惑，沮喪，好長一段時間不易收拾情緒。接連幾年，失去幾位至為珍貴的人，不禁對自己感慨中年好累。照顧好自己，更加清爽體面地活下去，是我唯一可以報答他們的方式。我也可以用專屬於自己的態度來想念他們，把一起經歷的時光折疊收攏，儲存在心裡最安全的角落。一起喝過的酒，一起走過的路，一起看過的風景，都成為一瞬的永恆。奈良重遊，所有美好事物都藏有他們的身影。

我在，他們就在。他們的精神持續與我相往來，像是不曾離去。

從奈良博物館看完佛像文物出來，一隻鹿站在我面前，我高舉雙手讓牠知道沒有食物可以給牠。我懂牠的意思，牠也懂我的意思，這樣就很好了。雙腿疲憊之際，我很需要去一家以鹿為名的手沖咖啡館，喝上一杯層次豐富的黑咖啡。

想起並不很久以前，ＹＩ的眼神是鹿的眼神。如果在奈良，有鹿與我對望，我都覺得那是ＹＩ在以目示意。

關於友情，白居易和元稹（微之）知心深交，是我最喜歡的那種狀態。因為彼此往來的情分，來自雙方的心靈深度。白居易〈與元微之書〉這封信，是一個受苦的靈魂在慰藉另一個受苦的靈魂。擁有一個理想的交談對象，是多麼奢侈的際遇。一直有話可說的情感關係，實在強求不來，而我深深嚮往。

白居易（西元七七二—八四六年），字樂天，號香山居士。宰相武元衡被刺殺，白居易上表請求嚴查追緝兇手，因而得罪權貴，被貶為江州司馬。正是在江州時期，他寫出生平最動人的詩文。他主張「文章合為時而著，歌詩合為事而作」，倡導新樂府運動，強調文學的社會功能。白居易和元稹交好，相互唱和，並稱元白，亦和劉禹錫並稱劉白，有《白氏長慶集》傳世。

白居易與元稹經常通宵暢談，一起喝酒寫詩。他們的作品風格相似，我常常難以辨認作品的著作權究竟是哪一位的。ＹＩ還在的時候，我們曾經幫對方整理文字作品。檔案夾混雜太多文件，某些篇章忘了署名，我跟ＹＩ同時發出疑問：這篇到底是誰寫的啊？然後開對方玩笑，寫得比較好的都是我的。

唐憲宗元和十年（西元八一五年）三月，元稹被貶為通州司馬。同年八月，白居易貶為江州司馬。〈與元微之書〉寫於元和十二年（西元八一七年），白居易四十六歲。這是白居易江州司馬任內的第三個年頭。司馬隸屬於刺史，並沒有實權，中唐朝廷常用這個職務來安置貶官。有志於發展政治才華的白居易，遭遇生平重挫，居處在偏僻的貶謫地。他的抑鬱苦悶，可想而知。江州時期的〈琵琶行〉，敘寫琵琶女淪落飄零的身世，寄託詩人「同是天涯淪落人」的悲哀。寫信給元微之，當然更是感慨萬千。

〈與元微之書〉一開頭就切切呼喚元微之，兩人睽違三年，白居易沒接到元稹的信也已將近兩年了。古代遠距離通訊不易，連互道安好都是奢侈。白居易無奈地說，人生幾何，竟然要如此離闊。這一切都是老天的安排吧。他剛到潯陽時，熊孺登來拜訪，一併幫忙帶來元稹病重時寫給他的信。元稹信上說道：「在我病危的時候，沒有時間顧及其他事情，只收集幾篇文章，把它們封好，在上面題字：日後送給白居易（二十二郎），就拿這些文稿來代替書信。」那段時間，元稹聽聞白居易被貶官有感而發，作了一首詩：「殘燈無焰影幢幢，此夕聞君謫九江。垂死病中驚坐起，闇風吹雨入寒窗。」詩中元稹自身處境堪憂，有如風中殘燭，仍一心記掛被貶謫的好友，這大概只有義氣之交能夠做到。

白居易為了不讓好友擔心，接著在信裡奉報江州三泰（三件安泰開心的好事）。第一泰是家人團聚於此，免於分離。第二泰是生活自足，身衣口食不用求人。第三泰是興建廬山草堂，享受山水自然景觀。三泰交代完畢，白居易告訴微之，寫這封信的夜晚，人正在草堂裡，靠山的窗下，拿起筆隨意亂寫，寫完要封緘題字時，不知不覺天色就要亮了。這樣的夜晚，有這樣的心情——

> 舉頭但見山僧一、兩人，或坐或睡。又聞山猿谷鳥，哀鳴啾啾。平生故人，去我萬里。瞥然塵念，此際蹔生。餘習所牽，便成三韻云：「憶昔封書與君夜，金鑾殿後欲明天。今夜封書在何處？廬山庵裡曉燈前。籠鳥檻猿俱未死，人間相見是何年？」

簡單的情境，承載簡單的心事，一切都是默契使然。跟有默契的人說話，不用太費力。聽有默契的人說話，點到為止就夠了。白居易的詩，號稱老嫗能解，大多可以不用翻譯就能明白。通俗淺白的詩，有時更貼近現實生活的真貌，畢竟大多數人都是在尋常狀態裡謀生度日。

知道有人可以想念是一件好事，所以我獨處時很喜歡這樣的心情。二〇一五年夏去江西廬山，沿路有趙老師相伴。廬山登山步道相當陡峭，幾疊瀑布高懸，水氣橫生，空氣清甜。趙老師腳步輕盈，很快走完全程。隔年夏天，我在京都旅途得知趙老師猝逝家中，一時之間神智恍惚，腦子裡滿是水霧蒸騰，覺得這個世界實在難以繼續相信。

我問自己，可以相信的事，怎麼越來越少了？或者，還可以相信些什麼？那年在廬山的寺院，我跟趙老師說，要帶她去京都散步的。趙老師大去之後，幾次重讀白居易寫廬山景致，有一種感覺，趙老師就在我身邊伴讀。

白居易跟元稹以詩交心，〈與元微之書〉這封信的結尾寫得淒涼，有如猿鳥哀鳴之聲。那首送給元稹的詩是這麼說的：「回憶以前寫信給你的夜晚，是在金鑾殿後，天快亮了。今夜在哪裡寫信呢？是在廬山庵裡，清晨的燈前。想想彼此的命運，我倆就像籠中之鳥、檻中之猿，雖然都還留下一條命還沒死，但被貶遭困不自由的我們，想要在人世間相見，到底會是在哪一年啊？」每個人的生涯數算，餘命還有多少，都是不好說的。好好的相聚，好好的告別，那就好像把歡笑跟眼淚串成花圈。

白居易說，想念的人遠在他方，人間相見難以預期，愛別離苦的滋味，大概是這樣。或許他們都想過，對方到底出了什麼事？怎麼音訊全無？想念的人是否遭遇不測？太多的臆測，使得想念籠罩陰霾。活著有活著的牽腸掛肚，想念有時相當優雅，有時卻是無比暴力。

不過，擁有可以惦記想念的朋友，總比沒有要來得好。知道自己有這樣的朋友，即使對方不在身邊，友情的支持就會存在，也會有力量。生者如此，逝者亦然。

生活出現某些難題時，我直覺會想要問問，另一個世界的ＹＩ會怎麼回答。換成是他，又會怎麼處理？ＹＩ真的已經永遠消失了嗎？我有時這麼想。

人類對滅絕充滿畏怖，既有的時間意識提醒人們生命有盡，大限的同義詞可能是悲哀與虛無。最傷心的一段時間，一行禪師給了我安慰：「生與死都只是概念，它們並不是真實的。就因為我們當真了，所以才製造出強而有力的幻覺，進而導致了我們的苦難。」然而，風不會死，水不會死，雲不會死，萬事萬物跟自然連結為一體的時候不會死。有形的、無形的，生命與生命相互依存，一切並非孤立存在。

ＹＩ告訴過我，生命幻化的那一瞬，他想要變成風、變成海，變成還沒被發現的星辰。太初有道，要有光就有光。我是我自己的光。我欣然接收這份信念，寫入個人生命履歷之中，變得比較無畏，也比較坦蕩。

乘車離開奈良的時候，風景不斷往後退，我想告訴ＹＩ，那不是只有我看見的風景，風景中有你，那些水流雲影小鹿自由奔跑，都是有你的風景。我在心裡說了謝謝，也說了再見。

卷三

記憶所繫之處

記憶所繫之處

1.

二〇一八上半年接到兩次法院通知，上面載明有一塊橋頭的土地要法拍，我有優先投標承購的權利。如果不是這份文書，我幾乎忘了自己名下有這麼一塊三十多坪的祖產地，祖父指定留給我的。這是一份由八人共同持有的祖產，產權已經做了初步分割。法院文書上，我看見堂叔的名字，他的土地持有份即將被拍賣。我打了電話給媽媽，她說不知道有這件事，反倒對於承購土地有了幾分好奇，或許是想要把它買下來。

我立刻跟媽媽說，不要再想這些麻煩的事了，現在我連自己的地長怎樣都一無所知，沒必要再去競標一塊陌生的土地。土地是資產，也可能是負累。每次擁有什麼的時候，我總免不了擔心，擁有之物將會以怎樣的方式干擾我簡單的生活。

至於堂叔名下的土地為什麼會被法拍，我猜想其中一定還有很曲折的故事。活在各自的屋簷下，久而久之沒有日常的交集，那些故事也就傳不到自己耳邊了。我對這位堂叔的記憶極為稀薄，或許曾經聽到一些事，但也是過耳即忘。

祖父在他的青年時期就搬離橋頭鄉芋寮村祖厝，來到仁武建造屬於他自己的家園。雖然兩地相隔不遠，但橋頭的舊居乏人照料，早已傾圮隳壞，土地就這麼一直閒置著。叔公的建地與祖屋毗連，他就地另起樓房，產權後來由堂叔繼承。

二〇一〇年縣市合併以後，橋頭稱區而不稱鄉，村里的劃分方式可能也略有變異。法院的拍賣訊息對我來說，好像一張房屋仲介遞來的傳單，標示了地段、規模、價格而已。然而這塊土地的訊息並不冰冷，比普通的傳單多了些情感牽絆，於是有一些疑問在心裡擴散開來：土地要拍賣，那麼地上的建物呢？起標價格怎會那麼低？其他六位共同持有人有意願去投標嗎？在輩份上我又該怎麼稱呼他們？

結果我兩次都沒去投標現場。兩次都流標了。

2.

讀大學之前，除了自家宗親，我幾乎沒有遇見過同姓之人。只有婚喪喜慶的場合，才能與一群同姓親友相聚。成長過程中，也常常被初識的人詢問，姓這個姓是不是外省人？祖父母說，我們家世代都是講閩南語的，開基祖在清朝渡海來台，到了我這一輩已經是第十代了。這樣推算，我祖父是第八代，我父親是第九代。長輩告訴我，隔壁住的老兵是外省人，我總是聽不清楚那濃重的鄉音到底在說些什麼。老兵的妻子來自屏東，心情有起伏的時候就哼著歌，很久之後我才明白，那是排灣族古調。

跟我年紀相近的作家S說，他的母親姓凌，也是橋頭芋寮人。他回家一問，才發現他的母親跟我的父親是同村子一起長大的，應該算是同輩，只不知道是近親或遠親。

大學二年級選修通識課，學期初自我介紹的時候，發現有個女生跟我同姓，她應該也注意到我了。下課後，彼此很有默契地留在教室，交換了訊息。她從小住在台北，但她父親的故鄉是在高雄橋頭，過年、清明這些日子都要舉家返鄉南下。下一次上課，她帶給我一份影印資料，是民國七十年芋寮村壽生廟管理委員會編纂的「凌家傳家子孫系統圖」。這份族譜系統圖上，果然有我和兩個弟弟的名字，我也確實是第十代，可見祖父的口傳敘述是沒太大差錯的。

在曾祖父的名字旁邊，加註了「傳源」一詞，意思應該是從傳姓人家收養的螟蛉子。族譜序文有言，凌姓、傳姓兩家祖先是同時來台的。難怪我幫長輩謄寫喜帖信封時，名單上有好幾家姓傳的親友。如果時間沒有算錯，從康熙年間渡海到民國七十年，大約有兩百六十多年時間。那時譜系已經記錄到第十一代，這支族裔當時人口大約一千七百人。族譜編修完成到現在，也快要四十年了。四十年來社會變化之劇烈，恐怕是當時父祖輩登錄姓名時難以逆料的。那些未及敘述的人與事，也讓人感慨頗深。成年後，我歷經十多次搬家，族譜影本與我的學歷證件、教師證同歸一檔，總算沒有遺失。

我能記得的長輩名字，最多只到曾祖父母一輩。曾祖父很早就過世，我沒見過他。曾祖母人生的最後一段，是在仁武鄉烏林村與我們同住。當年的她病榻纏綿已久，似乎已經無法下床行走。我年紀尚幼，不太能記事，比較深刻的印象是：鄉裡的劉醫師每隔一段時間就開車來為她看診，手提一只醫藥箱，說話溫和從容。打針、開藥之後，又驅車離去。

那時有一個奇怪的心願，就是成為一個可以開車離去的男人。

沒想到，這個願望還真是頑強。開始教書不到半年，我就背著貸款買車。幾年下來覺得車子麻煩，乾脆又開回高雄送給二弟。

3.

把去向與來處弄清楚，是我這幾年在外旅行不得不做的功課。多了解一些人、一些事，促成了更深入的自我了解。我了解他人的方式，正是「自我」顯現的重要過程。

隱約記得小時候聽祖父說，祖先可能來自浙江、福建或廣東。後來才從族譜確認，祖先那次最遙遠、最艱困的搬家，出發地是廣東省惠州府海豐縣。惠州，那不就是蘇東坡遭貶所到之處？海豐，當地是講客家話的吧？祖先真是從海豐來的嗎？這諸多疑惑縈繞，纏縛難解。我認識世界的語彙，最初是由閩南語構成的，家族裡也沒有人會講客語。為此讀了一些語言研究的資料才知道，海豐話也稱為學佬話、福佬話或鶴佬話，是屬於閩南語的一種方言，海豐縣約有八成人口使用。而客語海陸腔指的是海豐、陸豐一帶的客家話，跟海豐閩南話並不相同。還有另一種說法，來台祖是說客語的，第二代以後就被同化說閩南語了。

曾在李娟的文章裡讀到，游牧民族對於祖先的記憶，原來是歷歷分明的。多數的哈薩克族人都能背誦七代祖先的名字，若是成長過程失去雙親，這些記憶或許就斷了線，再也無從聞問。於是哈薩克族流傳著一句俗語：「不知道七代祖先的人，和孤兒無異。」

背誦祖先名字以及記得世代繼承關係，是哈薩克族的基本文化教養。從這樣的傳統延伸出來的，還有婚嫁的規矩。同一血脈的人七代之內不能通婚，聯姻的對象必須相隔七水之遙。這麼講求倫理，應該是為了避免亂倫。據說有些哈薩克人能背十幾代、二十幾代系譜，這或許代表文化水準極高，這樣的人能擁有最令人崇拜的社會地位、獲得最大的社會尊重。

二〇一四年，我去北疆遊玩，很天真地以為逐水草而居的人們可以拋卻許多記憶的重擔。同時有一種錯覺：不斷遷徙移動，不執著於某一片土地，受到的限制可能少一些。哪裡知道，正因為必須一直變換生活空間，更要牢牢記住那些不容抹滅的痕跡。也憑藉這份記憶，去蠡測迎面而來之人與自己的關連。

4.

人與人的親疏遠近，最先是被血緣限定。逃無可逃的血緣關係，是生命不由自主的重大證據。血緣的親疏有族譜可供參照，然而尷尬的是，情感與認同卻無法在一套明確的座標裡找到定位。認同什麼，產生怎樣的感情，往往都是要花時間的。

還有一件尷尬的事，我手邊雖然留有族譜影印本，祖父留給我的祖產地契卻不知道放哪裡去了。反正也無所謂，地契弄丟了還是可以補辦。反正，土地一直在那裡，不會弄丟的。故鄉或許也是一樣，一直在著，不會丟。那是一種很奇特的心理空間，當你認同它，它就一直在著。

高鐵通車影響我回家的頻率與心情。有了高鐵以後，每次回高雄簡直像是出國，搭商務車廂的時候尤其像。有朋友不懷好意地跟我說，的確是，出天龍國。我自己也覺得不可理喻，即使是只回高雄住一晚，非要拎個漂亮的行李箱，才有衣錦榮歸之感。「高雄」幾乎成為我指稱家的另一個詞彙，回高雄意思就是回家。高中畢業以後，我花了很多時間遠離高雄，不斷出發、不斷尋找心目中那個更遠的地方，後來又花了很多時間尋找回高雄的方式。快樂的，悲傷的，都在這些曲折不已的路途裡浮現出來了。

還有一趟預想中的旅行，二十多年來未曾實現。很想去看看先人所從來的遠方，惠州府海豐縣。只可惜這趟路途目前沒有直飛、沒有郵輪可搭，於是想了好久始終未能成行。去橋頭糖廠吃個冰倒是比較容易，可以從台北當天來回，而且舒坦愉快。這樣想是輕鬆一些沒錯，但記憶所繫之處，有些事情就是讓人輕鬆不起來。

記憶的繩結總是不請自來，有時帶來意義的依憑，有時成為快樂的阻絆。至今我還是不太確定，有些事是不是不要知道比較好？不過，既然知道了，不妨將某些糾結暫時鬆綁一下，重新繫在自己喜歡的地方。

直到燈火闌珊

有時回高雄不想住在家裡，常選擇住在旅館裡。離家那麼近卻不急著回家，有一種任性的快意。有人問我為什麼不住家裡要住飯店，我總說不出什麼好理由。話說回來，一個人任性而為，需要任何理由嗎？但我想一定該有個理由的，不然怎麼說服自己？選擇住旅館，常常是為了更完整地休息。把自己攤開、鋪平，躺臥在一個似乎漂浮著的空間，自身好像從這個世界的煩囂中全然抽離，沒有一絲絲懷疑。

或許，還可以讓自己不那麼累，不用顧忌太多人際之間的分寸拿捏。親情固然帶來溫暖，但也伴隨著壓力與負擔。偶爾逃脫一下所有的關係，讓自己安置在空闊城市的一隅，大概也是一件健康的事。把力氣養足了再回去陪伴家人，彼此的溝通也就比較融洽。我不知道別人會怎麼想，但就我自己來說，確實就是這樣。

挑選飯店或青年旅館時，簡單乾淨舒適是首要考量，最怕的是屋內布滿重重機關。如果座落於交通便捷之處，那就更好了。我偏愛捷運沿線美麗島站、中央公園站附近的旅宿，駁二特區或愛河周遭的我也喜歡。投宿於這幾個地方，便於散步覓食，也有一些風景可看。

我喜歡住在比較高的樓層，在入夜以後把窗簾拉開，盡情俯瞰滿城燈火。

高雄有幾家飯店在頂樓設有餐廳或酒吧，讓人吃飯喝酒之際又有絕景可看，這也成為吸引我入住的重要因素。

旅遊作家柏井壽曾說，冬季的京都遊客最少，那時顯露出素顏，不用再裝模作樣扮演京都。我也喜歡冬天的故鄉高雄，一個城市脫去燥熱，讓人覺得放鬆。最主要的還是，此時高雄別有一股暖意，氣候與人情皆然。

天氣開始變涼的時候，我投宿在中央公園旁。飯店裡有一知名酒吧，在十五樓頂。

那天剛結束《島語》詩集的新書分享會，掏心掏肺地說完近來寫詩的心情，體力已經枯竭但精神仍然亢奮。我的學生Z特地搭高鐵前來會合，幫我在現場朗讀一首詩。Z與我的緣分相當深厚，他高中畢業後一直與我保持聯繫，彼此有假期的時候便邀集一群人出遊。Z感情遭逢變故的時候，也總是第一時間找我傾吐。

《島語》詩集出版後，唯一一場新書分享會在高雄舉行。我很擔心讀詩的氣氛太過沉重，於是傳訊息問Z，能否將鍛鍊多年的八塊腹肌在我發表會上展現，露出腹肌讀詩應該可以讓現場洋溢青春氣息吧。Z一再問我，是不是在開玩笑？我很慎重地說，這是認真的。我曾經帶著學生穿丁字褲跳舞念詩，參加詩歌朗誦比賽。秀腹肌讀詩，也只是還好而已。分享會多虧有Z，沖淡了一些中年感傷，讓讀詩的氣氛不致太過嚴肅。

讀醫學系的Z隨身攜帶期中考用書《解剖學》，一邊跟我聊天，一邊默記人體結構。工作結束，吃過晚餐，Z與我辦妥入住飯店手續，旋即上頂樓酒吧小坐。

二十多歲的Z一直探問，人怎樣可以安於生活，過自己喜歡的日子？我眼前過的日子，是他覺得幸福無比的。安穩的工作，閒暇之時從事創作，不定時地出走……，Z說可以這樣真好。久處於體制的牢籠，對於不自由的生活情境，我一直是知道的。正因為這樣，我才要讓心更自由，讓身體更自由。

酒吧的餐食很有高雄味，多元包容的特質一覽無遺。各類飲品、西式餐點夾帶著異國情調，菜單上的各類本土小吃也饒富趣味。我們各點了一杯西班牙太陽白酒，配著大腸包小腸，隨意聊著也隨意沉默不語。電子音樂與酒客喧譁的聲音，宛如一陣陣波浪，將我們捲入夜色所形成的時間海洋。

無遮蔽的夜空在我們上方，往南方一望，飛機頻繁起降。一幢幢高樓宛如剪影，空間的遠近變得很迷離。

Z給我看了他手機裡的相片，其中有幾張團體照，參加志工服務時拍的。相片裡，他緊緊挨著心儀的女生，問我該怎麼跟對方進一步相處。我知道他的人生理想，是從醫救人，擁有一個賢慧美麗的妻子為他打理家務並且妥善投資理財。順利的話，要在四十五歲存夠退休金，之後悠遊四海，只做自己喜歡的事。我建議他，若是要有個美好的家，不妨選擇在高雄開業，這裡房價物價合宜，很容易應付生活之所需。若有多餘的房間，不妨規畫一間書房，我的藏書可以悉數寄託在那裡。

我對Z說，有這些單純的願望很好啊。只是，喜歡上一個人，常常會變得自以為是。想帶自己喜歡的人去到某個遠方，讓那個人在自己未來的理想裡有一席之地，不問對方是否願意。

然而過日子的方法只有一個，就是讓情感有家可歸。如此，才能跟傷害、痛苦保持一點距離。當話語與燈火漸次闌珊，我感到寧謐，安然，一切事物的去向都頗為圓滿。

只不過，雙眼迷濛之際，我不知道遠望所及，那片景色究竟是起霧了，還是沾染了塵霾。

一九九三，最寂靜的聲音

一九九三年夏天，你在島嶼南方的文藝營認識了兩個淚腺發達的女孩。你們懵懵懂懂地彼此靠近，以話語相互取暖，偶爾也以話語扎刺對方。有時候你選擇靠近H，有時候靠近Y。H跟Y當時都有男朋友了，但並不排斥你的靠近。命運裡某些說不出來的什麼，就這樣慢慢地吸引著你，帶著你走向未知。十七、八歲的年紀，總愛問喜歡一個人是怎麼回事。直到神祕時刻降臨，你突然驚覺這個問題的答案，眼神知道，呼吸知道，心跳知道，身體都知道。

如果沒有這個官方主辦的文學營隊，你應該還是在日常軌道裡繼續忍受無聊，參加升高三的輔導課。在男校讀文組已經夠邊緣了，喜歡文學創作的人更是邊緣中的邊緣。來到這個為期十天的文學營，與其他來自全國各地的邊緣人相遇，積鬱許久的寂寞頓時消散。如果世界上真有大觀園，能夠只做自己喜歡做的事，能夠只讀自己喜歡讀的書，那麼這裡應該就是大觀園了。無比奢侈的是，這種樂園情境還是體制提供的。營隊裡供吃供住，還提供保送大學中文系的入場券，任你們發展各自的叛逆與任性。

營隊第一天晚上，分組自我介紹，你注意到H說話的樣子，慵懶而帶有鼻音，似乎剛剛哭過。營隊像是樂園，也像是一座孤島。沒有網路、沒有智慧型手機的年代，想要對外聯絡只能憑藉公共電話與書信。書信的傳遞速度太慢，所以公共電話前總是排著一列隊伍。H來自北台灣，每天晚餐後固定打電話給男朋友。不管後面排了多少人，多少眼睛盯著她看，她總是在淚水中結束通話，然後來到你的身邊，要一點安慰。你這才知道，安慰是需要學習的。H說她稱呼男朋友是乾哥，你很不識相地回了一句：「『乾』是世界上最髒的關係了。」幾次討論到人性的善惡，以及《紅樓夢》裡面還淚的說法，你告訴H：「林黛玉太病態了。不喜歡《紅樓夢》。」H說：「你只是不喜歡別人說你像賈寶玉吧。這就是人性。」你哼了一聲：「人性本賤。」

（後來的歲月，你一直在對抗那種很賤的人性，試圖從卑賤裡尋找變得尊貴的方法。）

學員住宿的地方原是大學部女生宿舍，暑假期間借給營隊使用，回字形四層樓建築，中間有一方天井。你們徹夜不睡，說著在學校裡無人可說的話，白天上課的時候才趁機補眠。課堂上沒睡的時候，就拚命講悄悄話、傳紙條。台上講課的教授大概很無奈吧，他們心目中期待的文學種子竟然是這樣頑劣。營隊輔導員大概也頗感沮喪，不知道這群高中生怎麼如此難搞。那時你還沒完整讀完傅柯，半生不熟地吞嚥後現代理論，隱約察覺有權力就有反抗這樣的道理。至於要反抗什麼，其實沒有清晰的目標。你唯一在意的，是如何討H與Y的歡心。照顧女孩子心裡的曲曲折折，比讀書考試難多了。

Y有時在課堂上與你比鄰而坐，用氣音跟你說一些生活裡的瑣事。Y與H還會親暱地拉著手講話，在你面前。旁人的眼光跟耳語，讓你感到不自在。成為他人談論的對象，的確是件尷尬的事。

宿舍門禁時段開始，天井裡的笑聲越顯得熱烈。大片大片月光灑落，一小撮一小撮人分別聚集，交換著各自相信的事物。H跟你一起唱著〈夢田〉、〈橄欖樹〉，然後想像沒有邊界的遠方。有時候，Y靠在你肩上，聽你整夜唱著歌。你感到恍惚，對人與人之間的氣息相通覺得無能為力。你不由得疑惑，與Y之間到底算什麼呢？Y跟H說，你是危險的。而你一不小心卻深深陷落了，絲毫不覺自己的危險。天井的月光被裁切得整整齊齊，照在你身上，庭中有晃動著的剪影，影子與影子層層疊疊地交錯。你之前從來不知道，被一個人喜歡是怎麼回事，同時被兩個人喜歡又是怎麼回事。

喜歡與不喜歡，成為你現實人生文學課的開端。唯有感情對象出現的時候，你才真正明白那是怎樣的感情。每一個對象帶來的情感經驗，都是獨特唯一、無可取代的。

營隊有一場戶外行程，參觀英國領事館。那是陽光燦爛的日子，照亮你們緋紅的臉頰。跟H一樣，Y也是被許多人喜歡著的。她們長得好看，會寫觸動人心的文章。更重要的是，她們擁有源源不絕的淚水，而且不把淚水當武器，那是愛與虔敬的具體顯現。坐在領事館紅磚牆上，Y突然對你撒嬌，要你抱她從牆上下來。於是你說，跳下來吧，我會接著妳。其後，Y輕盈地落在你懷中，H全看在眼裡了。海風吹動髮梢，震盪你的胸膛，記憶乾燥而明亮。

週六晚上，H的乾哥搭台鐵列車南下，當天往返，只為親手拭去H的淚水。就在同一天，Y刻意遠離了你，與另一個男孩在校園裡散步。你覺得自己跟世界之間有好遙遠的一段距離。

你常常想，什麼才是公平的，諸如此類的問題。

你所就讀的那所男校，有一項異常平等的規定，中年以後想起仍覺得神奇。學生只要年滿十八歲且取得駕照，就可以申請校內的機車停車證。因為留級重讀一年的緣故，你高二拿到駕照後就開始騎摩托車上學。記憶猶深，機車車棚陰暗狹長，出口處有一鐵籠養著一隻猴子。停好車之後，最難受的無非密閉空間裡的潮濕腥騷之氣。那隻猴子不知怎麼回事，每天早晨很是熱中於自瀆。盡情地做那件事，牠沒有絲毫羞愧，而你總是略帶靦腆地快速經過牠。牠的神情，或許是每個高中男生的一面鏡子吧，只是你一直不願意正眼凝視。

營隊的尾聲，你告訴Y、H，隨時來高雄玩吧，你會騎機車帶她們四處晃蕩。不久的將來，你也會抽空去Y的城市、H的城市拜訪。你心中想著，就要升上高三了。升上高三之前，能夠為自己留下一些特別的紀念嗎？

你在筆記本寫下升高三的願望：每週至少讀一本文學書、至少看一部電影，約喜歡的人去吃好吃的東西。這大概是生活中最文青的時刻了。願望清單上的事項，你毫無愧疚地完成，算是對升學體制做出小小的反叛。

你約Y將來有空一起看電影《霸王別姬》，即便上映日期仍在未定之天。

一九九三年五月，侯孝賢《戲夢人生》獲得第四十六屆坎城影展評審團獎，《霸王別姬》、《鋼琴師和她的情人》獲得最大獎金棕櫚獎。當時電影人徐楓以製片身分領取金棕櫚獎座，這是華語片第一次拿下這世界影展的頭獎。海外媒體盛讚《霸王別姬》是中國版的《亂世佳人》，但礙於台灣法規，這部電影的放映卻遭遇諸多波折。一九九〇年代，台灣的電影審查制度規定，電影團隊中的大陸演員不可超過二分之一。即使《霸王別姬》的資金與出品人皆來自台灣，卻仍受到這項限制。不僅未能代表台灣拿下坎城大獎，也無法在台公開上映。徐楓奔走之下，立法委員請命上書，終於修法成功，當年十二月十日在台正式上映。徐楓說起這部電影，滿是悵惘遺憾：「後來在坎城得了金棕櫚以後，大家問我有什麼話要說，其實我最care的就是沒有代表台灣。」

你為此寫了一篇六百字的時論文章，投稿給主流媒體辦的高中生新聞評論獎，抨擊政府法令的僵化，扼殺了藝術，壓抑了自由。尤其可悲的是，這個島嶼長期受到好萊塢文化殖民卻毫無自覺，對美式文化照單全收，產生自我異化，以致忘了自己有主體性，限縮了愛的能力、創造的能力。那篇文章後來得了首獎，獎金三萬元。只可惜沒有留下手寫稿影本，無法印證當時是怎麼大放厥詞的。

暑假結束，你先和文學營輔導員去看《鋼琴師和她的情人》，那年冬天才終於跟Y去看《霸王別姬》。默默等待電影《霸王別姬》在台灣上映的日子，你早已讀過好幾遍李碧華的小說原著。從小說裡看到人生最難的是告別，而你要用很久的時間才懂得。

三十五歲的時候，你告別Y也告別H，祝福她們走向婚姻，平安幸福，擁有完整的愛。你也祝福自己，在喧囂的人世間聽見自己的聲音。

是枝裕和的電影《比海還深》有這麼一句台詞：「有勇氣成為他人的過去，才是真正成熟的大人。」如今，你已成為他人的過去，愛與不愛的往事依舊如此縹緲縈繞，在你的心裡。

二〇一八年，《霸王別姬》修復版重新上映，時隔四分之一世紀。你感嘆著，那是一九九三自己心裡最寂靜的聲音啊！

風繼續吹——我的九〇年代

一九九四年二月二十三、二十四兩天，我在高雄，天氣晴。南台灣冬日清晨的冷風撲面而來，我騎著摩托車從家中出發，到考場參加首屆學測。學測的全名是大學學科能力測驗，用來檢測高中生的基本學科能力，算是一種檢定考試。這項考試成績可用於推薦甄選入學，考試科目為國文、英文、數學、社會、自然五科，每科十級分，總級分為五十。其後幾經變革，遊戲規則變得越來越複雜，不再是原來面目了。

首屆學測規模甚小，推薦甄選入學方案第一次施行，考生只能選填一個校系。如今想想，唯一選擇的那個志願，的確就是真愛了。

命運之事，總是難以前知。每個決定性的瞬間，每次抉擇都形成一條單向的路途，無法倒退也無法還原。我那杳不可測的未來，就這麼被時代的風猛烈吹拂，甚至不知道風是在哪個方向吹。說來弔詭，如果不是因為高一貪玩留級一年，我也沒有機會參加首屆學測。報名推薦甄選，我選填了離家最遠的國立大學中文系，沒有一絲猶豫——離家遠，為的是早早成為獨立且自由的大人。國立大學學費較低，可以減輕家裡的經濟負擔。讀中文系，則是長久以來的執念，出於一份沒有來由的喜歡。那時候的我，似乎不太有現實感，往往只問熱愛，不問出路。值得慶幸的是，那一點初心慢慢茁長，慢慢發展為生命模組，並且帶來了穩定不移的信靠。

近年來常在畢業冊上看到「初心不忘」、「不負初衷」這樣的題辭，然而落實在生活當中，以初心來提醒自己或他人，都不是簡單的事。《華嚴經》提到：「不忘初心，方得始終。」接在後頭的語句是「初心易得，始終難守。」就我的理解，喜歡一件事很容易，把一件喜歡的事情從頭進行到底確實有難度。忘失初心的人常活在自我質疑之中，被遺憾、懊悔這類情緒纏縛著，深深焦慮著自己究竟成就了什麼，一切是否值得？

只不過，值得不值得的論斷，往往是後見之明，不值得大概意味著一切已經無可挽回，無法扭轉既定事實。回過頭想想，做了許多不值得的事，也許比較可以理解所謂人生吧。

我和詩人S相識於一九九三年夏天的高師大文藝營，他推薦甄試和我報考同一所中文系，於是約好一起從高雄北上，參加第二階段的指定考試。對遠道的考生來說，交通與住宿費用頗為可觀，或許印證了多元入學的另一種「多元」。為了考取理想校系，教育投資是一筆不小的開銷。三月二十六日的指定項目考試，考的是學科筆試跟口試。S與我提前一天抵達台北，投宿在S親戚代為預訂的平價旅館裡。那時我很嚮往溫瑞安詩裡寫到的情境：「我是那上京應考而不讀書的書生／來洛陽是為求看你的倒影」，等到自己要應考了，還真不敢不讀書。

台北城陰雨綿綿，我們不知道這場考試會有怎樣的結局，只能勉力以赴。晚上在旅館裡溫書猜題，一邊看著公共電視的作家身影，算是補充現代文學的基本知識。沒有手機與網路的年代，為了省錢，我沒有使用旅館的電話，跑到街上打公共電話，跟家裡報平安，也跟當時最心愛的人說晚安。

隔天一早，肥胖的我與清瘦的S匆匆趕往考場，在偌大的校園裡走到差點迷路。還好去得早，找到考場後還有充分的時間調整氣息。應考的空檔，我問S，考上大學之後最想做什麼？S說考上了做什麼都好。至於我的規畫，不外乎好好吃飯、睡覺、游泳、看電影、學開車……，還想每天請公假去編畢業紀念冊。我們都曾在高中課業上弄得灰頭土臉，因為（文科以外的）學業成績感到挫敗，幸虧還有文字創作支撐著自尊與自信。不免天真地想著，如果非要考試，寧願只考跟文學有關的考試。

離開考場，心情是愉快的，彷彿這世界再也沒有什麼事可以為難自己。春風吹動，煙嵐飄移，杜鵑花在微雨中放肆地開著。我以為很快就能清除跟考試有關的種種記憶，殊不知考題裡跟〈楓橋夜泊〉的相關論述至今仍然占據腦容量，似乎無從抹去痕跡。這是第一次有趕考的感覺，被緊湊的時程催逼著，寫申論題寫到右手中指破皮長繭。日後考碩士班、博士班都比這回從容太多了，考前即已安排好附加的娛樂行程或是餐飲聚會。

推薦甄試指定考科結束後，S與我搭計程車趕往臺灣師大教師研習中心報到，參加國文資優甄試研習營（簡稱保送營）。這真正是三月的春闈了。國文資優保送制度總共有三道關卡：高中國文成績優異（印象中是校排名前百分之二）或全國競賽前三名是第一道門檻，第二關則是性向、智力測驗，第三關是保送營的各項紙筆測驗加面試，最後按照保送營總成績分發至十九所大學中文系就讀。教育部國文資優保送營時間是二月二十六至三十一日，為期六天，由臺灣師大承辦。營隊裡考生的餐食、住宿，全由政府負擔，採集中住宿管理。因為有同樣的願望，加上朝夕相處的關係，很多人在營隊裡交到了一輩子的朋友。

保送營紙筆測驗有五科：命題作文、自由創作、閱讀測驗、心得寫作、語文知識，每科各一百分。面談分為四組，考生分批輪流進去各組考場進行問答，考了整整一天，合計也是一百分。口試時，我被問到白居易江州時期的〈與元微之書〉，信中寫著自己安泰、思念友人，他在江州真的快樂嗎？我說不是的，〈琵琶行〉裡的感傷抑鬱或許才是他日常生活中最常出現的情緒。〈與元微之書〉給友人報平安，總是要說一些好消息，免得讓朋友擔心。有一位朋友被問到，如果生命剩下最後一天，你想做什麼？我猜，應該很多人想立刻放棄考試吧，生命的最後一天還在考試，可能太過悲壯，也太過悲情。

在營隊裡，我無比眷戀每天晚上九點的消夜時間。水果盒、一之軒的麵包、永康街高記的點心，是最實際的能量補給。這段抽離日常現實的時光，某些伙伴因為想家或壓力過大哭了出來，但吃了美味的東西，好像可以繼續承受些什麼了。保送營宛如一座縮小的大觀園，園子裡的人恣意揮霍青春，徹夜清談高論不覺疲累，翌日尚能振筆疾書，伸手探向一張張升學的入場券。營隊中一百三十多個學員，都像是從《紅樓夢》裡走出來的人物，把文學語言當日常語言來使用。在各自的高中校園裡，我們可能沒有機會找到這麼多同類，是保送營提供了物以類聚的機會，滿足了聲氣相求的願望。

當時未曾察覺，一個國家要夠有錢，才有餘裕發展人文學科，砸錢辦這種看似毫無實效的營隊。我很慶幸躬逢那樣的時代，二十世紀最後的十年，最讓人目眩神迷的華麗。這套資優保送制度始於一九九一年，可惜在二〇〇一年宣告結束。二〇〇〇年擔任教職以來，時間的風繼續吹著，吹得我有些暈茫了。

網路世界每隔一段時間就要戰校系、戰地方，中文系學生最常被問的題目是，讀這個出來可以做什麼？興趣可以當飯吃嗎？若是重新回到那個時間點上，我的回答不會改變，讀這個只是因為喜歡，喜歡做什麼就做什麼，充分開展自己的心智才是真正的自由。在我們的島上，混口飯吃不是難事，難的是吃到自己喜歡的那口飯。關於興趣與謀生，當時是這麼想的，現在也還這麼想。

保送考試、推薦甄試很快發布成績。我放棄了推薦甄選錄取的中文系，選擇保送臺灣師大國文系。S保送東吳中文系，在大學畢業那年出版了長篇小說。我們應該是一九九四年最快樂的高三學生了，提早解除考試壓力，用許許多多自找的事填滿了生活。從四月開始，去補習班打工，報名駕訓班，成為畢業紀念冊主編，獲得全國學生文學獎……，這些事帶來了成就感，堆疊出一個比較完整的我。文組男生的成就焦慮，因此稍稍獲得紓解。

我的升學考試在春天告一段落，同年四月十日，教育改革團體號召大遊行，主要訴求有四項：落實小班小校、廣設高中大學、推動教育現代化、制定教育基本法。四一〇大遊行勢頭強勁，一時風雲開闔，並且主導往後台灣教育路線。時隔二十多年，廣設高中、大學的目標實現了，但如今供需顯然已經失衡。少子化時代來臨，高中、大學面臨減班或停招的危機。曾為學測首屆考生，這當下正陪伴著高三學生應考，在給出任何生涯建議的時候我備覺惶恐。兩相參照之下，我感到有些疑惑：現在的高中生、大學生是不是比較快樂？生涯選擇變多了嗎？是不是更有機會自主學習？

現在的學生幸福感比從前更強了嗎？

某些時刻，我對當下自己扮演的角色感到不耐煩。跟學生一起閱讀升學簡章，那些複雜的篩選倍率、算計生涯的公式，眼前突然就有一陣黑風颳起，深深感到沮喪。在這樣的現場二十年，我看見，制度是如何規訓人性的，而我始終都置身在不斷變異的規訓裡，從沒離開過。規訓有時會化身為另一個美麗的角色，他的名字可能叫做改革，可能叫做進步，也可能叫做願景。

高三看了電影《霸王別姬》，裡頭的經典台詞對我產生巨大的撞擊。「人得自個兒成全自個兒」、「要想人前顯貴，必得人後受罪」這些話，講的是梨園子弟的生涯，用在考生身上同樣合適。只要功成名就的想像仍在，壓力就不會消失。許多時候他人是自我的地獄，但也有不少時候自我才是自我的地獄。

高中畢業典禮那天，發放畢業紀念冊。擔任畢業冊總編輯，我可以決定全校的共同頁與主題概念，還有用不完的公假。將畢業冊取名為「貯夢錄」，主視覺有兩個元素：一個大酒甕與敦煌的飛天，酒甕代表貯存以及醞釀，飛天代表自由遨翔。實際的美工作業，請來下一屆學弟幫忙操作，以華麗為基調，我堅持字體一定要燙金。畢業典禮上，我得到德育、智育、群育三枚獎章，散場後吆喝一群人去西子灣聚餐、踏浪、吹海風。那日海闊風高，我們的心飛得好遠好遠。

升學制度下，我曾經受過傷，但心中從未有過恨意，將傷疤看成是勳章或許比較舒坦。當一個現代人，不被體制傷害，是何其艱難的事。二十世紀的最後一個十年，我都在學校中度過，依序完成高中、大學、碩士學業。升學制度裡，大部分的人都深怕自己一事無成，或是對自己的一事無成感到焦慮。做我能做的，跟做我想做的，人總是在這兩者之間擺盪掙扎，偶爾懷疑自己。卡繆說：「每一項成就都像是一次奴役，迫使我們通往更高的成就。」這句話有時候像是勉勵，有時候我卻覺得像是詛咒。

順帶一提，一九九四年四月到年底，我調控飲食加運動，總共減重二十公斤，算是一項人生重大成就。事後回想，如果讀書也有這樣的毅力，我當初大概不會被留級。時隔一年之後，我用瘦瘦的樣子成為保送營的輔導學長，而春雨依舊，風繼續吹。

我和你之間還有一點距離

選修課程結束，某位沉靜的男孩遞來一張回饋單，用剛剛好只被我聽見的音量說謝謝。回饋單上寫著，課堂上的一切都很美好，教材的選取與談話的節奏也都很精準。只是，總覺得老師在跟學生相處的時候有一種距離感。

留在空無一人的教室，默然佇立良久。

如果不刻意保持一點距離，大概沒有辦法享有屬於自己的那份矜貴。對人毫無保留，奮不顧身，不設限，不設防，渾然不在意什麼是安全距離，那樣的心情我確實也曾有過。而且深深明白，那樣可能更加符合我的精神本質。

但是為了自尊與矜貴，有時必須跟這個世界保持一點距離。也必須，適時地挪動身體與靈魂，暗示迎面而來的人，我跟你之間還有一點距離。

箭是自己射出去的

——讀《箭藝與禪心》

曾經參加過幾次禪修，也曾經報名能量調理課程，試圖調伏躁動的心，也讓內在能量可以妥善清理。若說還有一些其他的想望，便是從這些具有儀式感的活動裡重新塑造人生。然而，生命中許多糾結疑惑不會在一次課程裡馬上獲得解決，長期累積的習氣也不會因為一次名師指點當下清除殆盡。這些課程讓我受用最多的，是日常的功課。所謂日常，指的是沒有捷徑可走，沒有一條輕鬆的悟道之路。豁然開朗這件事，背後隱藏著持續探索修習的真積力久。

自我安頓之道無他，調身、調息、調心而已。身心靈失調的人，在現實生活裡盲目追逐，迷失了自我。一旦真心蒙塵，形體也就不會乾淨清爽。我常在空寂之地靜坐，端整自己的肢體與呼吸，讓心流通暢無礙。靜坐調息之際，有一些近似於神祕體驗的收穫，我偶爾覺得那就是禪。在思想方面，禪很容易被誤解為玄妙的空談，或是言語的機鋒。禪宗故事也具有濃厚的神祕色彩，禪宗祖師以不立文字、以心傳心的方式進行傳承。

禪學東傳到日本，似乎更加講究儀式規範，透過重複又重複的行為鍛鍊，讓禪幾乎成為了自身的直覺。熟能生巧，技術中藏著道心——插花、喝茶、寫字、練劍，這種種藝術都是「道」，與禪的理念有密切關連。訓練、熟習的方式，幾乎成為目標。透過訓練，可以讓身心靈合一，在凝神專注的過程中進入禪境。《箭藝與禪心》（*Zen in the Art of Archery*）說的射箭之道，也是這樣的故事。

《箭藝與禪心》的作者奧根．海瑞格（Eugen Herrigel，一八八四－一九五五）是德國籍哲學教授，著迷於東方禪學，曾遠渡重洋到日本東北帝國大學任教。為了深入理解禪的奧祕，他把射藝作為禪的預備學校，透過親身體驗去探索那些看似不可捉摸的道理。於是，他在法學教授小町谷操三（Sozo Komachiya）引介之下，拜「弓聖」阿波研造（Kenzo Awa）為師學習射藝。

射箭之前，海瑞格花了很長的時間學習拉弓，在師父的指導下調整呼吸，用最放鬆的方式拉開一張弓，終於明瞭心靈拉弓的道理。真正開始要把箭射出去，又是一連串的挫折，好像怎麼做都做不好，情緒沮喪低落。海瑞格有一次自以為聰明，用自創的偷吃步放箭，差點被師父逐出師門。這讓我明白，世界上所有真正重要的事，用偷吃步是不行的。他的射藝沒有任何進展，師父只說：「不要問，繼續練習！」直到有一天，他體驗到了最理想的發射，師父深深鞠躬說道：「剛才它射了。」

讀到這個段落，想起靜坐時最理想的狀態，個人知覺融入宇宙生命之流裡。不是人在射箭，而是有一種能量，通過人的身心，讓箭射了出去。我知道了，箭是自己射出去的。但我也知道，箭本來是不會自己射出去的。發心，準備，訓練，時機成熟了，箭才會自己射出去。瓜熟蒂落、水到渠成，講的都是類似的機緣。射藝裡有禪心，海瑞格說：「只有當冥思的人完全達到空靈無我的境界，才能與那超然的實體合而為一。因此我終於明白，除了靠個人親身的體驗與痛苦之外，沒有其他道路通往神祕。」放開自我，拋棄執念，直到什麼都沒有，最不刻意的張力就會現身。阿波研造諄諄告誡另一項艱難的功課，射壞了不要難過，射好了不要高興。我想，解脫於痛苦與快樂，在平靜裡悠遊，那是禪心的最高境界。

我很喜歡鈴木大拙說的這段話：「如果一個人真心希望成為某項藝術的大師，技術性的知識是不夠的。他必須要使技巧昇華，使那項藝術成為無藝之藝，發自於無念之中。」擺落自我，融入無念之境，當下真心就會湧現。忘了自己的存在，也忘了自己專注修習的技藝，人與技藝才能合而為一。技進於道，然後不凝滯於道，那或許就是真正的道了。

禪心不遠，就在日常。對我來說，禪源自於宗教，卻又超越了宗教性，有一點神祕體驗，又時時顯現在尋常事物之中。禪也適時提醒我，不要想太多，做就是了。心念的奧祕在於，相信的事到最後可以成真。

有淚盡情流

二〇二一年五月中開始，為了寫一篇長文，讀了不少一行禪師的作品，以及日本曹洞宗寺院的相關資料。禪僧的文字很像是一種自然流動的藝術，隱約發出白色光芒，在眼前閃耀，幫我安心。

不知怎麼，忽然想起去恐山的那個夏天。然後就搜尋到南直哉這個名字，還有《直面生死的告白》。記得是二〇二一年六月十日讀了這本書。

南直哉曾經在永平寺修行約二十年，擔任過青森恐山菩提寺代理住持。

南直哉說恐山使他再一次從與永平寺截然不同的道路上，被推到佛教面前。關於恐山延伸出的信仰，他說：「因思念逝者而來到恐山的人們心裡，此處所運作的佛教儀節，只是類似他們情感容器的存在而已。他們並不需要本質上會束縛他們思念知情的教義。」

確實是這樣，心心念念要去恐山，正是在尋找屬於自己的情感容器。並且把對錦燕老師、湘娥老師、榮華老師的許多思念，都安放在那裡。南直哉到恐山之後，他的父親、師父先後亡故，他提醒自己：「不管自己有多大的傷痛，我還是我。如果有傷痛，我就去思索它的意義。」他認為這就是「業」，生者必須繼續背負這個「業」活下去。

就我的理解，「業」不是只有偏向宿命式的詮釋而已。「業」在許多時候，指的是行動。

有淚盡情流，是行動。讓淚水灌溉心裡的一畝田，年深日久便有繁花綻放、好樹抽長枝芽，那也是行動。

告別的藝術

二〇一六年六月初，學生畢業典禮當天，K寫了張卡片給我，提到要謝謝我連續兩週陪他們一起看了《非誠勿擾》Ⅰ、Ⅱ。他說以後若是決定要結婚了，一定要重看這部電影，再次溫習電影裡面關於婚姻的說法。那段日子裡，我有很多想說的話，無法跟導師班學生直接說，只好挑影片跟他們一起看，透過影片裡的對話暗示我的心境。

（記得他們畢業前看的最後一部片，是《後會無期》。但是說也奇怪，從他們畢業至今，一直在期約，一直在後會。這些奇怪的生物，有失戀了來討拍的，也有借錢應急不還的。低潮時也多虧有他們，在我旁邊發出聲音，恣意吃吃喝喝，驅散許多無助的感覺。那種近似白噪音般的陪伴，對彼此都沒有負擔。）

給學生看《非誠勿擾》Ⅰ、Ⅱ，是刻意為之，因為恰好跟課本裡的詩經選文相呼應。電影選取〈關雎〉做為片頭，課本選的是〈蒹葭〉。每次週五放完電影，天色將要昏黃，偶爾會有零星的討論，把積壓的情緒說出來。他們問，有沒有中年正太版本的非誠勿擾？只記得那時回答男孩們說，我從來不會演非誠勿擾的戲，我喜歡的是非誠勿入。這種不好笑的笑話，總是讓我們笑了很久。

或許笑一笑，悲傷也就不那麼悲傷了。我一直認為，《非誠勿擾II》的男主角不是葛優演的秦奮，是孫紅雷飾演的李香山。愛情、婚姻、家庭、親子、事業、死亡，這些主題全都凝聚在李香山身上。李香山罹患黑色素癌，不久於人世。他告訴摯友秦奮，要籌辦一場生前告別式。趁著神智清醒，還能言語，可以好好地跟家人、朋友相聚道別。生前告別式後，香山請秦奮帶他出海，坐在輪椅上的他，用自己的行動，有尊嚴地結束人生。依照約定，秦奮將香山的骨灰安放於屋中植栽，由香山的女兒川川照料這棵植物。

沒有忘記李香山說的，「活著就是種修行。」

妥善修行的成果，會讓告別甚至永別成為一門藝術。

而所謂的修行，不過就當心腳下啊。踏出每一步，都要為踏出的那一步負責。沒有遲疑恐懼，也沒有遺憾懊悔，那樣或許可以說是一步一如來了。

池上去來

從二〇二一年五月中到七月底，台灣疫情三級警戒這段日子，島民有一種集體的情緒叫做「悶」。心頭總是雜亂，不知道什麼時候可以打開糾結。島嶼先是苦於乾旱，後來又遭逢暴雨侵襲，人們的日子就這樣一天捱過一天。防疫自肅也只能是用捱的，生活裡無處不是忍受，然而越是覺得憋屈，越要為自己找到舒心的方法。

那段日子，居住在雙北生活圈的人，被貼上奇特的標籤，不敢輕易跨區移動。有重要的事情必須回高雄老家，也得裝備齊全，到家之後自我禁閉在個別樓層，戳鼻孔快篩，確定安全無虞才跟家人碰面。從二〇二〇之初開始，生離死別的陰影籠罩這個世界，日常情境往往在某個瞬間發生裂變，在與不在、擁有與失去的命題，讓人情緒低落。或許正因為這樣，漸漸明白了，每一個可以安然度過的當下，就是最好的當下。

情緒低潮之際，我習慣靜心冥想，深長地呼吸，把雜念看成是烏雲，吐氣吹動這片雲，讓它逐漸飄飛遠去。當然也很懷念初入職場的時光，居住在台東、花蓮六年，我收存了可供召喚的天空、山巒、河流、海洋，色澤鮮明地在腦海反覆播放。

我的朋友約瑟夫是個行動派，有說走就走的本事。不過是臨時起意，卻立即敲定了日期，約瑟夫幫我訂車票，我負責安排民宿，帶著各自的筆電去池上工作。一樣是在工作，但是轉換空間之後，未完成的工作變得比較可愛一點了。這也是我第一次有同伴的池上旅程。以前來池上，都是獨自一人，享受不結伴的樂趣。這次跟約瑟夫同處一室，倒也沒什麼不適應。最大的好處是，可以買遍當地特色食物跟對方分享，多種口味一次滿足。米製品與豆類製品是我們共同的愛好，這大概也是池上最令人留戀的滋味。

夜裡各自據守一張床鋪，聽著雨聲安穩入睡。睡前我做了五分鐘的能量清理，先是用溫熱的掌心貼覆著左胸，謝謝心臟維持舒服與規律。再用掌心貼覆胃部，謝謝它消化食物也消化情緒。接著撫觸自己的膝蓋，慰問長時間騎單車跟走路之後的疲累。最後摸摸腦袋瓜，告訴它切換思慮的開關，今天的勞動即將結束，明天醒來再重新好好運轉。

曾經在東台灣生活過，每當在城市裡覺得呼吸不順、喘不過氣了，就會直覺地想要逃回東部「換氣」。東台灣自然環境形成獨特的能量，氣場狀態透明清亮，像是保護，也像是祝福，幫助我重整呼吸的節奏，體內雜氣於是可以全部汰除。

池上歲月，無事最好。因為無事，所以無憂。這個多煩擾的世界，不難發現許多有事的人，自己有事也就罷了，偏偏還要拉扯別人跟著一起有事。無所事事的快樂，是池上提供給我的貴重禮物。

從前無法體會，為什麼每一次相聚可以顯得奢華，為什麼能夠自由移動竟然是奢侈的。有時感到疑惑，如果上天運行自有常道可循，那麼突如其來的無常又算是什麼？冥想時，擱置這些念頭，慢慢地吸氣，慢慢地吐氣，專注於呼吸，身體最好的、最舒服的姿勢，就是讓呼吸最順暢的那種姿勢。我在池上，深呼吸，這裡的天光雲影幫我把鬱結打開，同時也明白，離開此地以後，生活的修行仍要繼續。

《無量壽經》曾經描述一片極樂安穩的理想世界，那裡的所有眾生，彼此相貌沒有差別，容色美好至極，超越世間常態，都是難得稀有的。（我甚至可以想像，在那個世界每個人身體都是香的，只講好聽的言語，只跳好看的舞蹈，無心靈的痛苦，沒有敵意，沒有煩惱。）每到正午時分，德風吹拂七寶林樹，空氣中流溢芳香，漫天花雨飄揚紛飛。身處其中，只覺安和清淨，可以忘卻所有煩惱習氣。

尋常日子裡，每當靜心活動開始，我閉目冥想，觀想《無量壽經》裡的世界。但是在池上，我完全不需要冥想儀式，隨意坐著便已進入冥想狀態，心流自在，沒有任何拘束。我會記得某個下過雨的午後，雲山相繚，稻禾盈疇，池上悄無聲響，卻彷彿演說了一部《無量壽經》。

日常裡的一小片風景
——談小品文

與其他文類比並來看，小品文有什麼特別之處嗎？除了篇幅短小，似乎沒有什麼特色了。故事性強一點的小品文，像是極短篇小說。詩化語句多一些的小品文，有點像散文詩。對話與情境飽滿的，則像是獨幕劇或微電影。然而，也因為這樣模糊難以劃分歸類，好的小品文往往可以突破格套，在有限的字數裡布置巧思。

我喜歡的小品文，不向小說傾斜，也不向散文詩靠攏，不在結尾刻意製造翻轉與高潮，也不故作晦澀形成意識亂流。小品文必須有散文的質地，實現一種聊天的藝術。歸有光〈寒花葬志〉不過一百多字，卻是一往情深，以最簡單的語句交代最複雜的心情，婢女寒花的形象與日常情景在文字中重現。張岱〈湖心亭看雪〉寫獨往湖心亭看雪之事，天地空闊，雪色蒼茫，自己唯有一段情癡可以跟這個世界相互問訊。張愛玲的〈愛〉說的是跟遺憾有關的故事，情節很簡單，但定義卻很不凡——沒有早一步，也沒有晚一步，剛巧趕上了。愛的境遇是，原來你也在這裡。

又或者像魯迅、周作人，他們的雜文真正是有文氣的。文氣的根源是說話者的呼吸與心跳，每個人發話有急有緩，有輕聲細語也有咄咄逼人，生理氣質常常反映在行文寫作上面。於是，標點的使用，語句的停頓與完結，一個句子如何接到下一個句子，那些都是文氣的顯現。魯迅的小品銳利如匕首，周作人素樸淡雅如清茶，一個作家的文氣有了辨識度，或可稱之為風格。

蔣勳《池上日記》印證了：「風景其實是一種心事。」而這些心事都來自日常。那麼多人去看金城武樹，那麼多人去伯朗大道騎單車，然而可以把這些景色化為小品文的人畢竟有限。池上的風與雲，秧苗的生長，在《池上日記》中得到了安置。將千里濃縮為尺寸，讓世間萬象凝聚在眉間心上，妥善安放生命的故事、情感的流轉、瞬間的體會……，或許是小品文最迷人的地方。對我來說，最適合寫小品文的地方是捷運車廂與咖啡館，因為充滿了偶然相遇，充滿了日常風景。一時感慨，一時心領神會，我為自己記下日常的消息，那往往是一篇小品文的核心。

世界是空的，誰在誰的夢中
——記憶中的《十年詩草》

二〇二二年白露時節，迅速簽約售屋，搬離居停十六年的淡水。八月底九月初，遇見新的一群高二學生，他們出生那一年正好就是我買下這間房子的時間點。看著他們，我揣想屋子若是幻化成人形，會是哪一個青春身影？是精壯結實，還是骨骼清奇？一個人的積習，往往跟居住型態密切相關。吃喝拉撒行走坐臥，諸多習慣的養成，幾乎都是與生活空間相互磨合的故事。

臨別回望，這棟屋子用最安全的語言告訴我，可以繼續往下一個地方前進了。這是一次讓我感到安心的告別，安心的理由無他，因為已經能夠承受了。這個家屋承受過颱風、寒流、地震，承受過我的歡樂與憂傷，其間換過許多的燈管與燈泡，該發亮時候總能適時發亮。除濕機、免治馬桶，變頻冷暖氣機，恆溫熱水器，提供最細緻的守護，讓我得以輕易擁有乾淨舒爽。當年成為屋子主人那一刻，我要求設計師幫忙更改空間規畫，新增幾面厚實的木作書牆。然而積書成癖，日久成災，這是早就可以預料的事。即便有意識地散書、漂書，負擔仍然不小。

離開一個熟悉的地方，變換居所與植物換盆沒什麼差別。把自己拔起再重新種下，稍一不慎就傷筋動骨。屋子售出之前，最麻煩的工程是必須迅速清理藏書。新的住處空間有限，無法容納太多衣物與書籍。衣服回收處理不會覺得可惜，但要把讀過的書送掉賣掉卻頗有糾結。一紙售屋合約為這份糾結劃定界線，期限內完成清空，順帶讓心理纏縛一併鬆脫。於是，勞動之日找來可信賴的學生幫忙裝箱打理，檢視一下書況，能送的就送人，或者整箱寄給幾個有感情連結的圖書館。其餘不知如何處理的，就聯絡舊書店老闆來家裡收書，幾趟估價清運，大約散去兩千多本書。心想，賣掉的實體書如果之後想要重讀，再買一份電子書也很方便。繼續留下的藏書，則分別置放在幾個地方。

散書過程勇氣倍增，很敢下決斷，說不要就不要了。割捨要一鼓作氣，大學二年級以前的日記手札、高中大學時期的情書，全部消滅得乾乾淨淨。那些原以為值得珍惜的回憶，彷彿從此不值一顧。有人問我，不覺得可惜嗎？我只覺得出乎意料的暢快，因為日記書信裡的我完全是一個陌生人了。跟陌生人說再見，只有尷尬，哪會可惜？過度眷戀從前的自己，對已經結束的故事依依難捨，是人生路上的沉重負荷。想要輕盈地往前走，隨身行李越簡單越好。

如果語言是我的居所，告別書信日記，也許就是建造新屋宇的契機。

親自將家屋上鎖，把鑰匙交給買方，像是同時關上了一扇時間的門。跟這個屋子說再見，最後一批隨身攜帶的書，其中有大雁書店版的《十年詩草》、《山水》。

手邊這本《十年詩草》經歷了三十三年光陰，略有斑駁痕跡。一九八九年大雁書店成立，發行人是簡敏娟。這是一家很有文人氣的出版社，不管是經典大系或當代叢書，裝幀走的是古樸素雅路線，用紙相當講究。張錯主編的經典大系，第一批出版品有卞之琳《十年詩草》、馮至《山水》、何其芳《畫夢錄》、辛笛《手掌集》。這套書每一本都註明封面與內頁選用哪款紙張，以及印數多寡。《十年詩草》封面用松華紙，內頁用山茶紙，首印兩千本。當年就讀雄中的我，在高雄火車站前的光統書局購入此書時，並不明白書名題字因緣。要等到上了大學接觸新文學史，才稍稍知道題字的民國才女張充和與卞之琳之間的那段掌故。（是的，就是合肥四姊妹之一的張充和，她的三姊兆和嫁給沈從文。）

高中開始學寫新詩的我，創作意識非常薄弱，純粹享受亂寫的自由，那狀態有點莽撞也有點可愛。大量閱讀詩集像是在攝食，寫作時很容易暴露自己吸收了哪些養分。一九八七年解嚴之後，許多大陸出版品得以在台灣出版，我的攝食種類忽然暴增，閱讀地圖不斷地推擴延伸。獨自摸索的過程發現，除了課本上的朱自清、徐志摩，還有一長串名單等著我去認識。那時偏嗜《十年詩草》，可能只是情感上的親近。對於人事物，喜歡的、不喜歡的，往往騙不了自己。私心喜愛的一切，加總起來或許可以映現自己的本來面目。

一九四一年初版的《十年詩草》，收錄卞之琳一九三〇至一九三九這十年之間的作品，扉頁上標示「紀念徐志摩」，算是向老師徐志摩的墓上「交卷」。這本詩集出版，距離徐志摩逝世正好十年。雖說是向徐志摩致敬之作，但詩裡的氣質與徐志摩不太像，許多驚嘆、疑問構成的短句，反而近似人間四月天的林徽音。詩、散文比小說容易暴露寫作者的個性與品味，讀詩、散文的時候揣測書寫者曾經看過什麼作品、受到哪些作家影響，為我帶來不少樂趣。讀卞之琳的詩，大概知道他受到中國古典詩詞、新月派詩人、西方現代詩的影響。卞之琳一方面承襲傳統詩詞的悠遠清雅，一方面鎔鑄西方象徵技法與音韻節奏，開創了屬於自己的新格律。十年磨一劍，《十年詩草》的作家年齡刻度是二十歲到二十九歲，這也是卞之琳塑造風格的重要里程碑。

卞之琳年少成名，受到徐志摩、陳夢家賞識，被歸類為新月派詩人。《十年詩草》分卷標記創作年代：音塵集與音塵集外（一九三〇—一九三五）、裝飾集（一九三五—一九三七）、慰勞信集（一九三八—一九三九）。一九八九年大雁版的《十年詩草》，增添一篇卞之琳於一九八八年親撰的重印弁言，這篇序文一開頭便說：「時間無情，淘汰詩作，不會有什麼照顧。」「但時間也最有情」，因為不想保留的篇章可以任其自行消失，或可對某些作品進行「藝術加工」。真想知道，有機會檢視、再版半個世紀前的詩稿，詩人心裡還想到了什麼？

音塵集、裝飾集有為數甚多的情詩，初讀難以理解，覺得不好詮釋。但那些不好詮釋的部分，往往是最動人的。比如〈斷章〉：

你站在橋上看風景，
看風景人在樓上看你。
明月裝飾了你的窗子，
你裝飾了別人的夢。

昔日年少的我疑惑，詩中有「你」，你到底是誰，你在誰的夢裡？敘述者我（那個隱藏的我），跟「你」之間究竟有怎樣的聯繫？後來有許多人說（也印證了），這是卞之琳為暗戀對象張充和所寫，這樣解讀似乎更帶有浪漫色彩。

張充和書法功力深厚，曾以毛筆手抄卞之琳多首作品，讓人不禁好奇，她抄寫時到底是怎麼想的？說來傷感，卞之琳一往情深十多年，想做的不只是朋友，張充和卻始終保持朋友一般的友好距離，張充和手抄詩稿遂成為這段故事的見證。張充和在姊夫沈從文家中認識德裔美籍漢學家傅漢思，結婚後隨傅漢思赴美定居。卞之琳則是四十五歲那年才終於娶妻。

有一批手抄詩，卞之琳珍藏了一輩子。物件無情，而寫詩的人太過有情。

二十來歲，苦戀最深的時光，卞之琳留下最迷人的詩篇。音塵集、裝飾集系列作品，四行、八行就足以成篇（形式工整確實是建築美），構句方式極其簡潔，有唐人絕句的韻味，亦有宋詞小令的纖細敏感。內心戲與外在風景交疊，寫景、造景同時也是抒情的手段，這些作品都是精品中的精品：

像觀察繁星的天文家離開了望遠鏡，
熱鬧中出來聽見了自己的足音。
莫非在外層而且脫出了軌道？
伸向黃昏去的路像一段灰心。

——〈歸〉

我在散步中感謝
襟眼是有用的，

因為是空的，
因為可以簪一朵小花。

我在簪花中恍然
世界是空的，
因為是有用的，
因為它收容了你的款步。

——〈無題五〉

我不太喜歡複雜拖沓的長句，讀起來呼吸不順，氣息很受干擾。把短句寫好，自然而然會有餘味。卞之琳現代版的無題系列，挪借李商隱的命題概念。正因為感情無以名狀，不可告人、無法分享的心事寫成無題詩，遂成為最適切的紀念形式。感情無用，世界是空的，我想再次追問，誰在誰的夢中？曾經那麼愛的人，夢去之後還有蹤跡嗎？

《十年詩草》裡，體例比較特殊的是慰勞信集。這一輯總共有十八首詩，乃是抗戰時期響應文藝界發起的寫慰勞信活動。卞之琳用這種公開信的體例，寫給不同崗位、不同身分的人物，目的是安慰一切勞苦者，試圖在艱困的時局鼓舞人心，其中有一首便是寫給委員長的。這一系列作品反映時代動盪，擴大了關懷，目的性很強，但穿透力卻比不上輕而且短的情詩。我想，最極致的抒情，還是要有一點神祕感。

三十三年來東奔西跑，屢次搬遷，《十年詩草》始終讓我眷戀不忍棄去。

誰能告訴我，世界是空的，誰在誰的夢中？

卷四

一起

一起吃飯吧

1.

「一起吃飯吧。」每到用餐的時候，不管身邊有沒有人，我總是這麼說。把眼前食物擺設定位，相機調好角度拍照留念，配上簡短的敘述，上傳分享，幾乎已經成為日常儀式的一部分。這跟某些群組的早安晚安貼圖何其相似，我或許就是用這種方式在跟掛念的人報平安。

一起吃飯吧，是一部帶給我幸福感的韓劇片名，也是我對當下世界施加的私人小咒語。對過著單人生活的我來說，能夠長時間一起吃飯的對象，都可以稱作是家人。我大多數時候習慣單獨用餐，不用配合遷就什麼，飲食豐儉自己決定。但我也喜歡在想念某些人的時刻，立即發出訊號，邀約一起吃飯，如果對方是善飲者會令我更加愉悅。

往日有一群最常邀聚飲宴的人，伙伴們自稱是飯團。哪裡料想得到，飯團裡兩位長輩、一位知交在二〇一六到二〇二一這五年之間相繼自這個世界登出。同享一桌子飯菜的成員，再也湊不齊全了。久而久之，這個吃飯群組暫時進入休眠狀態。此群無人喚醒也是好的，畢竟各自有愉快的事要做，執念太多反而讓情緒過勞。其他新組成的飯友會、酒友群則讓我別有依託。能不能合得來，多吃幾次飯就知道了。看煙消雲散也不可惜，看怨憎會也能妥適安放情緒，我願意這麼持續修練下去。

吃下肚子的東西都是要靠自己消化的，旁人無法代勞。聚會之時我享受情感流動宛如即開即飲的葡萄酒，舉杯互道安好快樂，任憑那些亂七八糟的念頭與言談滲進心脾。蒙迪・安諾（Patrick Modiano）《記憶幽徑》（*Memory lane*）裡描述巴黎友人的聚散不定，離合暗中自有定數，他參與過的小團體都已是過去式，盛宴成為往事，唯有記憶不斷奔騰前進。我漸漸能夠領略這本小說示現的人生處境，不管是否盡如己意，有些人已經不能再見，不太容易的生離死別我也都逐一經歷了。

真要過了某個年紀才懂得，飯友比性伴侶可靠許多。食與色這兩樣基本欲望，需要一定程度的美感修飾，人才不會變得低俗。想讓它們成為藝術，得要多一點節制，多一點矜持。慢慢地吃，慢慢地喝，享用美好的事物不用趕進度。或許，還要為眼前物質世界塗抹一些想像，讓有形的、無形的巧妙交融。吃生魚片或巴斯克乳酪蛋糕時灑上幾瓣食用金箔，那是把食欲變得華麗的象徵。手沖咖啡完成，雙手捧著瓷杯，對著黑水傾訴，你要變好喝喔，我認為這是讓願望產生香氣的隱喻。

自己一個人吃飯的時候，我偶爾想念那些離塵遠遊而未曾入夢的飯友。只不過太常想念是不行的，我給自己想念的限度是心裡微甜微澀微酸，像小狗眼睛稍有潮濕但不掉下眼淚，目眶閃閃，於是日子有光亮。想到無法復返的一切，嘴角悠然上揚，不被任何人察覺地笑了，這才剛剛好。

來到一個人的餐桌，如果我在心裡說一起吃飯吧，這就類似禱告或致謝。形體已然消失的某些人、久別無法重逢的人，早已融入我的視域，疊合交會在眼前現象之中。當現象與儀式召喚存在的知覺，我喜歡這種說法：祭神如神在。只要相信，就可以創造實相。「一起吃飯吧」這樣的話說給亡靈聽，應該也可以稱之為「尚饗」。

一個人拍攝食物照片，心念穿越時空限制，諸多曾經交好的身影掩映於當下，因此明白自己並不孤單。我感覺到我，也感覺到我們，正在一起，一起好好地吃飯。我想我是快樂的。

2.

二〇〇六年春天，D要參加大學申請入學第二階段面試，報考的學校，正好是Y讀碩士班的那一所。D十六歲到十八歲那三年，我在花蓮生活，因為組了一個週末讀書會，與他變得無話不談。他不是我任課班的學生，相處起來反而更像朋友。我陪D去面試，Y知道了便說要請我跟D一起吃飯。

幾度分分合合，Y所在之處始終是我思念的去向，那時我們的距離，是翻越中央山脈的距離，也是繞行大半個台灣的距離。某次旅行結束，心裡很眷戀一起看過的金針花海，照片裡墨鏡攔截陽光，我們恣意歡喜。長風吹亂頭髮，兩人摟著肩或牽著手，幾乎以為可以這樣度過一生。但我們都察覺而不說的，是那種以沒有未來的方式去進行的愛——當下越幸福越是埋伏無數絕望的那種愛。山谷河流雲霧在其所在，風繼續吹，後來我把它們當作是無常人生的背景。無明煩惱來時，這份形象記憶的美確實可以變成依靠。正因為有這次旅行，知道婚姻不能成為彼此的共同選項之後，我們只能不定期遙寄祝福，用最不干擾的方式讓對方得知近況。

近況如何？不外乎，有沒有好好吃飯？不外乎，有沒有好好睡覺？你那邊的天氣好不好？（暗暗想起以前時常聽的一首歌：〈只要你過得比我好〉）至於跟誰一起吃飯睡覺，自然是不宜過問了。

我跟D來到Y生活的城市，D面試完畢後前往學校附近的西餐廳相會。向Y介紹，D是我最談得來的學生，詩寫得很好（豈料他十年後出的書不是詩集而是小說），很希望這次面試結果順利可以成為她的學弟。D很喜歡Y，或許因為我說Y曾經可能成為他的師母（曾經、可能都要加重音）。即使與師母這個稱謂無緣，Y總是在我最需要人陪的時候請我吃飯，接受我所有莫名其妙的情緒。

一直沒有忘記，我當天點了迷迭香雞排。肉類但凡經過香料醃漬，腥味受到調節，餐盤裡便彷彿裝盛一座微型花園，一種香料足以闢建一條通幽曲徑。迷迭香的氣息既溫柔又刺激，常用於法式料理和義大利料理。若是製成精油，可以刺激大腦中樞神經，有提神醒腦、增進記憶、舒緩肌肉、暢通呼吸道的效果。因為有D在場，我對Y說話格外有禮貌，很多想說的話沒有說出口，知道對方心裡明白就可以了。

然而那時並不知道，迷迭香是忠貞的象徵，它的花語是永遠的懷念，是拭去回憶的憂傷。當然也不會知道，這次跟Y吃飯之後，再次聯絡是因為Y要寄結婚喜餅給我。至於那盒喜餅，我一口也沒有吃，全部進了學生的肚子。雙方謹守心照的默契，劃定了往後記憶與生活的安全領域：收到喜餅後不再通任何訊息，從今而後不會再一起創造回憶。我相信，給Y最好的祝福，她都已經收到。斷絕所有聯絡管道也是一種祝福。

甄試結果揭曉，D考上那所學校但沒去報到，選擇去到一個陰冷多風的校園，開啟他劇烈飄搖的愛情初航。時隔數年，D的某一任女友，曾在一場藝文圈聚會與我同桌，提起D完全沒有尷尬，真是個可愛的女生。

後來偶爾約D吃飯喝酒，D早就是可以拿往事當下酒菜的成熟男人了。

3.

自從開始接觸健身運動，飲食必須連帶調整，否則白練了。所謂三分練七分吃，意思是增肌減脂的重點還是在飲食。重量訓練若是沒有搭配飲食控制，往往徒勞無功。中年體育課，重點不是在跑得快、跳得高，而是避免肌肉量流失、努力消滅可惡的中年肥以及內臟脂肪。重新認識自己的身體，是中年體育課的基本要求。

台灣人熱愛澱粉製品、含糖手搖飲，很容易產生醣胖。抵抗醣胖的方法很簡單但很難做到，就是避免吃入過量醣類食物。然而，從早到晚最吸引我的食物往往都是有醣的。接觸重量訓練之前，去上班途中，看見油條蛋餅燒餅飯糰可頌生煎包，想吃什麼就買什麼，完全不忌口。中午忙碌時往往用一個便當打發，下午非吃甜點喝咖啡不可。晚餐大多在夜市解決，旗魚米粉豬腳飯餃子炸醬麵是我的心頭好。

四十五歲之前毫無顧忌地吃，健康檢查報告出現一些紅字，順帶割除兩顆瘜肉。知道這樣不行，於是跟幾個朋友相約報名中年體育課。聚餐當然還是要，就當是勞動之後的獎勵，不要過於放肆就好。鍛鍊前後，必須慎選食物，辛苦才不會白費。

我自己的健身餐，澱粉、蔬菜、蛋白質這三類大概是一比三比三的比例配置。身邊願意一起這樣安排餐食的朋友變多，原本不太熟的人因此熱絡起來。當飲食習慣改變，有些類型的飯局次數稍減，體重開始慢慢減輕。

不時提醒自己，吃東西之前要先想清楚，這些東西在身體裡面會變成什麼？好朋友伊恩說，不都是變成一堆屎？那當然也沒錯。只是我在意，食物變成屎的過程會製造出多少熱量？這些熱量能不能快速消耗掉？伊恩跟我經常共餐，一起陷入節制或放縱的兩難。選擇節制的時候，我總是說這樣也很好。選擇放縱的時候，我也總是說這樣也很好。做完選擇不懊悔，這樣就很好。為自己的身體負責，也算是敢做敢當。

只不過，伊恩每每感嘆，這不能吃那不能吃，人生好難啊。滿足欲望跟抗拒誘惑的場景，日復一日鋪展開來，真是嚴酷無止盡的生存鬥爭呢。然而這有什麼辦法呢？

吃吃練練，練練吃吃，看著情緒擾攘又恢復平靜，身體會記得也會忘記，或許這就是人生。

4.

出門散步順便買晚餐時，忽然想到有一則訊息未回，於是停下腳步在路邊滑手機。近處傳來喵嗚喵嗚的聲音，兩隻虎斑貓輕巧地向我靠近。沒料到牠們那樣主動，身體湊近磨蹭我的小腿。或許牠們知覺太靈敏，洞悉我跟貓族情感頗深，同時是個友善的人。

應該是餓了吧，我想。蹲下來摸摸兩隻貓仔，跟牠們說話：哥要去買晚餐，經過便利商店再幫你們買貓食。如果你們等一下還在這裡，那就一起吃飯吧。兩隻小虎斑聽完，尾巴搖曳閃入陰暗牆角。我把那則訊息發出去，告訴一個遭遇內在風暴襲擊的畏縮男孩，想要接納理解自己，最好的方式可能是先去接納理解周遭的人事物。只有察覺世界並非只有自己，自己才不會困住，世界的遼闊或狹窄，取決於自己的關懷。

畏縮男孩渴望他人傳遞友誼，渴望被喜歡。弔詭的是，越是執著於這份渴望，就越難主動設想他人的需求。他希望有人陪伴吃飯，卻只能蜷縮一隅，自陷於孤絕。在同學眼中，他的畏縮與封閉近似不可親近，這樣的人不太容易開話題，開了話題也往往戛然而止無以為繼。只想到自己的人，實在太難讓人有興趣接近。

怕忘記跟貓仔許下的承諾，當下改變心意，先把自己的晚餐問題擱置在一旁，直接走到巷口的超商買貓泥罐頭與一瓶健身必備的高蛋白飲料。

回到虎斑貓的地盤，牠們立刻鑽到我腳邊，爭相對我呼喊撒嬌。我晃了晃手上兩罐貓食，牠們叫得更起勁了，很像在發情。我把貓食罐頭分置兩處，間隔五十公分，兩隻貓仔懂我的意思，各據一處等候我把罐頭打開。招呼牠們一起吃飯，我蹲在路邊喝高蛋白飲。

經常想念池上某超商前的一隻小貓，名字叫做花花，幾位朋友跟我曾一同餵食過。超商店員幫花花準備專屬餐具，可能太多人提供餐點了，花花有點挑食也有日漸發福的跡象。每當獨遊池上，例行任務就是去請花花吃一頓飯。趁花花舔著食物，拍照傳給關心牠的幾位朋友。看見花花安好，我們同感幸福愉悅。

自然界的生存鬥爭有其殘酷現實，花花即使受到諸多呵護，免不了還是會有其他流浪貓狗來挑釁掠奪。於是惦記花花也成為我前往池上的理由。

心理學家喬登・彼得森（Jordan B. Peterson）《生存的十二條法則》（*12 Rules for Life*）如此提醒：在這個複雜的世界生存，要抬頭挺胸，要善待自己，要與人交好……，總共有十二條實用又睿智的法則。最後一條法則幽默又可愛——在路上遇到貓（狗），就摸一摸。我想這一條應該有個但書：貓跟牠的主人都同意你摸。做任何事情，對方知情且同意，才不會造成困擾。

同情共感是人類與生俱來的能力，越是發展這項能力，身心狀態會散發出貴金屬一般的光澤，金爍爍或銀閃閃。有時候我覺得欣賞他人或貓咪進食的愉悅，勝過獨自吃下一堆美食。我最喜歡的幾個朋友有下列共同特質：吃東西的時候會讚嘆世界美好，而且樂於餵食彼此。

只是，世路多歧，總有機會見識幾次人心的難測。人情世故暗藏凶險，曾經同桌飲啄之人在背後下黑手，實在教人感傷。有些狗是餵不熟的，這是罵人忘恩負義的話，換句話說而已。餵熟的狗突然暴走把人咬傷，那才更可怕。我們的生活，不會因為換個高雅的敘述就變得更好。生活要更優雅，首先是照顧好基本的身衣口食，再來是妥善處理精神的攝食與棲息。俗諺「You are what you eat」，你吃什麼就成為怎樣的人，說得簡潔且精確。吃進去的營養跟熱量，影響身體和容貌。精神攝食到不好的能量，也容易導致身心失調。

巷弄裡有貓可餵可摸，他們吃飽了便安然躺臥於九重葛開花的角落，這些景象供我無止盡攝取，屏蔽了世界的紛亂，緩和了意識時間的亂流。情緒如貓伸展肢體，這是我的心靈瑜珈。

5.

就讀師大國文系時期，系上的老師、學長姊定期請客，這實在是一個優異的傳統。那四年得到厚待，我無以回報，於是就把這份善意拿來招待學生。當年接受餵食時，他們在餐桌上給予我良好的教養，同時包容我的叛逆無禮。竹林七賢故事讀多了，腦袋不會太正常。嵇康與山巨源絕交的曲折心境一時體會不了，倒是很喜歡模仿他的不羈。早上八點第一堂課，吊嘎加牛仔破褲隨意穿搭，導師問我這樣穿不冷嗎？我直呼好熱好熱。老師想要提醒我看場合穿衣的分際，然而我還是任性而為。有一次因為公假缺課，老師在課堂上分享她出差時帶回來的名產，交代同學別忘記留一份給我。那是金門貢糖，我記得。

課堂上矜持肅穆的老師們，轉換空間之後在餐桌上顯得異常可親，看著老師們吃飯喝酒稍稍懂得那種拿捏分寸的藝術，有風采的人在飲宴場合尤見風采。不知道吃了多少頓導師宴才領略到，課堂上無法接受的人生箴言，到了餐桌突然很可以順利下嚥。即便有些勸勉當時難以消化，餐桌仍是最佳教養空間。人類在滿足飲食需求時，最容易卸下心防，也最容易接納心靈雞湯。安慰的話、鼓舞人心的話，最宜佐餐。

身為長子，父親早歿，我成長過程缺少賢父兄陪伴指導，性情偶爾孤僻乖戾，經常受到離經叛道的思想吸引。大學時期大量吞服西方當代思潮，那些死於非命的思想家使我深深迷戀，恨不得複製他們的精神與人生，誤以為瘋狂與自殺是天才必備條件。或許吧，不世出的天才行事詭異偏激，很難與俗人同調。庸俗是品味的大敵，我從來沒有懷疑過。

只不過，生命的調子若是拔得太高，將會是擊筑而歌，為變徵之音。那也彷彿是《紅樓夢》裡林黛玉撫琴，音韻可以裂金石，妙玉聽了黛玉這琴聲瞬間訝然失色，說道，太過了便不能持久。果然，琴弦蹦的一聲便斷了。這段情節暗示了黛玉的生命結局，高冷的才華迅速殞落，聲如裂帛。

大學畢業幾年後才知覺，曾經把自己誤認為天才是多麼可笑的事。或許自己曾經擁有不算太差的秉賦，但終究還是平凡人。無論資質如何，能過平凡日子，從尋常飲水中品嚐千般況味，單純的幸福才能掬取於手。有些事真正是日後自知，當下不必多說，反止說了也沒用。

青春期太過饕餮，吃出一肚子肥油，幸好在升大學暑假減去二十公斤，體重從七十八來到五十八，隔年上成功嶺又降三公斤。關於在成功嶺一起吃飯的種種，我感謝記憶已經大部分自動清除，不用記得禽畜飼料一般的餐食。剃光頭一起吃飯的同袍，還能在往後歲月裡同遊，在京都共享鰻魚飯，那是人生中的奇異恩典。歷經中年疲憊，幾乎要被悲傷摧毀的時刻，大學時期的知交只要一通電話，就會帶著食物出現在身邊。

想想自己基本的飲宴倫理與品味，都在師大國文系養成。背書背了四年，不管喜不喜歡，背進去的都是自己的。慶幸當年記誦的一切堪稱補品，慢慢吸收才知道箇中頗有滋味。

二十世紀末，國文系的老師們喜歡圍著圓桌吃合菜，很少約聚在西餐廳，一方面是出於口味偏嗜，一方面是因為那份歡樂團圓之感。四書中，我與《孟子》最無法親近，但還是喜歡他說的：「中也養不中，才也養不才，故人樂有賢父兄也。」意思是守中道、修養好的人要教養品德不好的人，有才能的人要教導沒有才能的人，所以人人樂於擁有好的父親兄長。賢父兄之外還有賢母姊，這是國文系餐桌上的好風景。有些腦袋怪怪的人把孟子這段話詮釋為父權壓迫，讓我實在難以理解。

二〇二一年夏天，全台疫情升溫，群聚共餐成為無比奢侈的事。那段日子，奢侈至極的是，大學時期的幾位哥兒們聚在一起為好友YI治喪，扒著燒臘便當以眼淚配飯。正是那期間，幾個不識相的白目傳來幾則過於冒犯的訊息，私下為YI感到不值——他過去怎麼會交到那種朋友？在我心中，他們從此成為無法與之同桌吃飯的人，甚至連見面的場合都要遠遠走避。學著一邊生氣流淚一邊吃飯，或許這樣的鍛鍊讓人得以更加優雅地活下去。

心神受損嚴重的日子，幾位朋友成立網路群組。社群成員彼此提醒關照：一，按時吃東西，即使吃不下也要補充流質養分，呑維他命。二，睡不著也要躺下好好休息。三，支撐不住就去看身心科，避免惡化成憂鬱症。四，隨時相約來家裡一起喝酒吃飯，打地鋪陪伴過夜。如此相聚有時竟產生錯覺，像是回到大學時同住的寢室，我們這一群沒有血緣關係的親人圍在一起煮火鍋聊天，累了就各自睡去。「一切都會過去」，這句話是生命藏得最深的奧祕。靜靜守候終將成為過去的情緒，心裡感激黑夜過去太陽依舊升起。

終於來到類似賢父兄的年紀了，常跟親近的人說，哥帶你去吃飯。再怎麼大不了的事，吃個飯就好了。這幾年任教班級的男孩，有時候叫我爸，更多時候叫我哥。被這樣親暱地稱呼了、認定了，突然覺得自己變得有點偉大。

6.

私心喜愛的幾個導演，總能把吃飯場景拍得山重水複也拍得柳暗花明。對導演來說，拍攝吃飯場景，把飲食活動化為藝術，是洞察生活的必備功課吧。吃吃喝喝的場景，演員收放情緒能否自如，常常讓我陷入沉思。很可能是因為我的日常吃飯場景太不容易凝聚美感，才會那麼著迷影像裡的繁複滋味。

大部分的應酬飯都不好吃，重點不在食物，在於人情負擔或利益權勢糾結。然而人在江湖（或囧途），有時實在難以拒絕。忍受不住了，藉口尿遁提早離席，倒也還自在。難的是，某些飯局辭令智計百出，舌頭一直放在針氈上。

每當長輩宴請吃飯，我深深恐懼那些沒有事先提供宴客名單的場合，也深深恐懼即便有宴客名單現場還是來了不速之客。職場前輩M姊說，她可以跟厭惡至極的人在宴會場合共處，把吃飯還原為吃飯，不把情緒帶進腸胃裡。我很佩服天蠍座的M姊，問她究竟怎麼辦到的。她說只要對方不來挑釁，每個人的生存本來就是各吃各的飯，各自過自己的生活。生存是自己的事，旁人無法幫你生存，想好好生存就要好好吃飯。吃一頓飯而已，同桌有那麼多人可以聊天，不去看討厭的人就好。中年之後，手上漸漸有一些「分配的權力」，M姊總是會適時分配一些資源給我，讓我有機會吃得好一些。

明明每次都是我受到賜飯之恩，饋贈者M姊卻總是體貼地表示，謝謝你陪我吃飯。請人吃飯還要跟對方說謝謝，我想這才真正是大人的氣度。

7.

在我的原生家庭，除了過年過節，很難得全家一起圍坐吃飯。小時候，家庭成員眾多而餐桌窄仄、座位不足，媽媽往往在桌上布滿菜餚然後讓家人分批入座進食。長久下來，沒有固定用餐時間，也就習以為常。成年後，我離家在外工作生活，偶爾才回高雄老家小住，兩個弟弟先後成家，少有機會聚在一起。即便聚在一起了，還是維持往日習慣，端著餐盤各據一隅吃自己的。

小弟媳的兒子會講話之後，我家的餐桌風景逐漸有異。小姪兒ＫＣ名字是我取的，緣於這層關係我與他格外親密，幫忙出些奶粉錢也是應該的。每到用餐時間他就闖進我房間呼喊，阿伯吃飯，阿伯吃飯。國境解封之際，小弟與小弟媳帶孩子回越南探親，孩子很快學會以流利的越南語進行日常對話。一個月後回到台灣，他用餐時刻先用台語叫我，然後對著手機視訊呼喚越南的爺爺、奶奶、阿姨與兄弟姊妹。台語、華語、越南語交織，姪兒眼前的炒米粉、法國麵包、越南春捲、仁武烤鴨儼然鋪展成一方國際餐桌。有KC童言童語流轉的餐桌，我偶爾對著視訊畫面羞澀地揮手微笑，感謝遠方的他們隔空招呼，一起吃飯。或許有一天，我會去到螢幕裡的那個空間，一起吃越南菜。

高雄住家附近頗多外籍移工，不知道他們吃飯時是不是也打開視訊，跟千里之外的親人線上聚餐？通訊設備的進步，或許可以稍稍緩解鄉愁吧。每隔一段時間回家，發現KC的越南語益發滑順，我恍然明白，所謂母語課最好的學習情境在餐桌。同時想起某個導演朋友久居巴黎，她的雙胞胎兒女台語相當輪轉，回到台灣時與親人溝通無礙，大概也是類似的教養方式使然。KC就近上幼兒園，園裡孩童自然而然的多語混雜。暗自盼望，KC能悠遊於他自足的語言生態系，不要過早區辨各種語言的高低位階，不要妄加評斷族群的尊卑。不管是母語或其他語言，可以說自己喜歡的語言，喜歡自己說的語言，這樣不是挺好的嗎？

有血緣關係的人裡面，KC最常跟我一起吃飯。看著他挑食的模樣，真希望他不會因為任何血緣羈絆而討厭自己。也希望我們家的下一代，比我這一代胸襟更開闊，更加平等溫暖地對待跟自己不一樣的人。

8.

二〇二三年日本關西花季結束，固定的飯友兼酒友亞倫幫我帶回一支吉野地酒「藏王櫻」。亞倫行前跟我小聚，問我京都、奈良一帶可有特別推薦的賞櫻名所。我完全不假思索，脫口而出，提了幾個最愛的賞櫻地點，以及去過一次但無緣看到櫻花的壺阪寺。

我去壺阪寺的時候，滿山蕭瑟清冷，只能想像春風吹拂，大佛周遭開滿粉色櫻花。此地遊客較為稀少，應該是安靜賞花的好去處。亞倫高三時的導師是我，我常在週五下午導師時間幫他們張羅餐食，一起看電影。馬公的黑糖糕，金門的貢糖與燒餅，泉州街的香腸，南門市場的湖州粽……，每週分享食物讓我們的心變得很親近，畢業後常找時間吃熱炒喝啤酒。亞倫一直記得我跟他們說過的，帶爸媽出國旅遊是一種修行。這種修行要及早做，畢竟修行最重要的受益者還是自己。

壺阪寺全名為壺阪山南法華寺，本尊是十一面千手千眼觀音菩薩，這裡也是西國三十三觀音之一。此處祈求眼疾痊癒特別靈驗，我頗受老花跟近視的折磨，上回買了不少壺阪寺聯名款眼藥水，一些自用一些贈人。

壺阪寺境內階梯步道設計精巧可供隨意巡遊，路旁有不少浮雕與石像。中間地帶有一座天竺渡來大釋迦如來石像，也稱為壺阪大佛。壺阪寺始建於西元七〇三年，幾遭火劫而重建，如今的規模奠立於一八二七年。二〇〇三年為紀念建寺一千三百年，寺院種植兩百株染井吉野櫻，自此成為奈良賞櫻名所。

壺阪大佛石像高十公尺，其前方有三尊菩薩像：中央的十一面千手觀音像高三點三公尺、前右文殊菩薩像高三公尺、前左普賢菩薩像高三公尺。日本有一個辭彙叫「櫻大佛」，意思是櫻花盛開之時佛像安坐其間的畫面。京都、奈良一帶名剎無數，花季很容易拍攝到櫻花與佛像同框之景。壺阪寺櫻大佛奇絕之處，乃在天然地勢加上造林技術，攝影者取景無死角，換個通俗的說法，怎麼拍怎麼美。光看照片就足以讓人法喜充滿，何況親臨現場。我看了網路照片，嘖嘖驚嘆簡直不可思議，難怪這畫面曾選作日本近畿鐵道宣傳海報。

亞倫拜訪壺阪寺櫻大佛那天，正逢櫻花滿開，像是走進粉紅色的夢裡。他隨手拍下花況，傳來私訊與圖片。我看著照片，一時恍惚，無法回應。

後續還有一些訊息，大概是在感謝我提供的景點與餐廳建議。我也很謝謝亞倫，先幫我去幾個地方探路。看過壺阪寺的櫻花，亞倫媽媽用彷彿少女般雀躍的語氣對兒子說，此生無憾了，謝謝兒子規畫這趟旅途。這是亞倫為爸媽安排的第一次日本賞櫻行程，他當下明白，已經退休幾年的父母親很需要這樣具有美感的陪伴。

二〇二二年四月，約在高鐵左營站附近的馤咖啡聊天，亞倫告訴我，每年四月，他與父母親有一項例行作業：更新各自的遺囑內容，然後彼此公開分享，聆聽家人的想法。聚在一起寫遺囑，導因於二〇一二年春天，亞倫的弟弟在無預警的狀態下告別這個世界。藉由寫遺囑這個行動，家庭成員展開互助，守護支持彼此的終極願望。受到亞倫影響，我開始預立遺囑，每年定期更新。我把遺囑放在辦公桌的檔案架，中午吃便當喝咖啡時，不經意就會瞥見。

歐內斯特・貝克爾（Ernest Becker）《死亡否認》（*The Denial of Death*）一書提

到：「死亡恐懼是人類活動的主要動力，這些活動主要是為了透過某種方式否認死亡是人類的最終命運，試圖以此逃避、克服死亡的必然性。」我想，好好地凝視死亡，接受生命裡種種的偶然與必然，美麗的存在價值才會浮現。知道櫻花花期有限，我想告訴自己不要感傷恐懼什麼，只需要妥善擁抱每一個當下。

明白且接受此生有盡，才更有勇氣去愛，去珍惜所有難得的遇合。明白且接受，也是我斬斷無明煩惱的隨身匕首。

吃飯是為了活下去，本質可能是骯髒醜陋的。常在電視頻道看見，那最原始的荒野叢林，動物覓食的畫面血腥殘酷，物種相互傾軋，撲殺，吞噬，咬齧，咀嚼，吞嚥，消化，然後排出一堆穢物。生存的欲望有多強，獵食現場就有多暴力。人類飲食活動的原初，茹毛飲血，大抵也是如此吧。直到文明初啟，人們開始懂得取火，發展烹飪技術，透過吃食之事追尋意義、價值、美感，吃的品德與秩序才得以建立。

某回在餐廳候位，負責接待的服務人員頻頻上前安撫致歉，用台語說道，稍等一下，彼桌很快就好，再吃亦無多久矣。再吃也沒多久，有另一種含義，大概是命不久長的意思。我跟朋友以目傳意，當下不敢笑出來。想想也是，缺乏食欲與生命力萎縮互為表裡。人之大欲，無非飲食男女，跟生存繁衍密切相關。

亞倫與我的餐飲品味相近，彼此言論沒有尺度限制，我想再也沒有人可以像他這樣，與我在餐桌上恣意談論生死與情慾。如此這般的話題，聊著聊著就笑了，聊著聊著就眼眶泛淚了。笑著流淚，滋味也挺美的。善飲的他不時捎來好酒，出國行李箱內總有一個空間放置為我準備的伴手禮。他的電腦鍵盤隨意敲打可以拿文學獎，也可以縱橫金融投資讓物質生活更自由。一般人吃飯配酒，我們往往喫酒配飯，在微醺中說再見。

春天即將過盡之際，心中草擬了幾項預備修改的遺囑內容，感到平靜放鬆，遂打開奈良吉野地酒「藏王櫻」，慢慢地品飲。可惜冰箱裡已經沒有烏魚子了，簡單烤一片鱸魚，一個人的居酒屋就開張了。烤魚時，我喜歡用義式香料與清酒去腥，灑上少許胡椒海鹽調味，烤至表皮酥脆即可上桌。喝藏王櫻最理想的狀態，應該是與好友二三人，在櫻花樹下鋪一層野餐墊，慵懶坐臥於其上，搭配散壽司享用。陽光搖曳，花海盪漾，舉杯彼此祝福，用一種明媚的心情過日子。然而，夜雨獨酌亦無妨，打開大尺寸液晶螢幕，播放網路上的櫻花影片，居家空間便可以向整個宇宙借景。櫻花盛開看膩了，再換個影片看看海洋生物泅游來去，或是看看浩瀚遼敻的星空一整片靜默無語。

這支「藏王櫻」為我借來一景，酒盞之中有千里。我隱約在酒香裡遠遠望見千里迴峰行的修行者，為了某個堅定的信念，一步一步走下去，直到峰迴路轉，直到最後的歸處。

想到這些竟覺得不如不想。那就一起吃飯吧，我對自己這麼說。

9.

一個人吃飯，我常想念Z。

想吃很多東西的時候，我最常對醫生詩人Z發出邀約。Z參加過好幾次大胃王比賽，每次都頗有斬獲。跟Z在一起，明明只有兩個人吃飯，卻可以任性地點滿一桌合菜。我胃容量有限，每道菜只嚐一兩口，其餘的都交給Z負責了。正因為這樣，更無後顧之憂地嚐遍眾味，且不浪費食物。Z健身成果卓著，腹肌片片分明，吃再多都可以迅速代謝，令我羨慕不已。

我們尤其契合的是，幾乎沒有飲食禁忌也絲毫沒有選擇障礙，只要是正常食物，什麼都可以吃，吃什麼都可以。不想選擇的時候，直接在餐廳把可以吃的統統點上一輪就行。

有一瓶珍愛的紅酒「紫天使」，捨不得一個人開來喝。毫不猶豫跟Z約吃飯，囫圇亂吃一通，為的是打開主角「紫天使」。能夠幫我把吃不下的食物全部吃下去的這人，曾在我患難之日近身守護，出國旅行的防疫用品也都是他悉心備妥。於是忖度著，Z辦結婚喜宴那一天，我要去坐主桌當證婚人。忖度著，如果哪一天，我選擇斷食善終，Z應該就是那個幫忙善後的人了。

那日一起吃飯，想說但沒說出口：「Z，你就是我的紫天使。」跟Z相處的時光無比溫柔，那份溫柔正在於，有很多話不說也可以。

說也可以，不說也可以，那麼就先不說了。先一起好好吃飯吧！

一起寫字吧

二〇二四年二月初，與兩位友人結伴再訪奈良，為的是去藥師寺抄一卷心經。藥師寺位於奈良西之京，又稱西京寺，為日本法相宗大本山，位列南都（平城京奈良）七大寺。

根據《日本書紀》記載，藥師寺肇建於日本天武天皇九年（西元六八〇年），天武天皇為祈求皇后病體康復發願建寺。這也是日本最古的寺院之一，起初位在飛鳥地區的藤原京。然而寺院尚未落成，天皇卻已駕崩，皇后繼承大位，為持統天皇。持統天皇文武二年（西元六九八年），藥師寺七堂伽藍終於完成。元正天皇養老二年（西元七一八年）營建平城京，藥師寺遷移至現址，金堂與東西兩塔、諸伽藍規模宏大，氣象莊嚴。一千三百年來，天災人禍難免，寺院群的佛殿、講堂數度毀損重建，唯有東塔屹立至今，可說是奇蹟。昭和到平成年間，藥師寺多次啟動整修工程。二〇一七年獨遊奈良，東塔正在整修，四周罩起工程帷幕。我不知道整修的具體內容，總之是在不可逆的時間裡試圖恢復一些什麼，這樣想著就覺得很受感動。此一計畫是從二〇〇九年開始的「平成大整修」，工期預定十年。

二〇二四年再來拜觀，沒有了工程圍籬，東塔完整地顯現在眼前。塔身巍峨安靜，有端整流麗之美，頗有幾分歐陽詢楷書的味道，望之儼然。寺院裡販售一款新設計的健康御守，做成直徑約一公分的透明圓珠吊飾。看了說明書才了解，御守圓珠裡摻有東塔樑木整建時刮落的木屑。買了一份紫色御守，將之掛於隨身背包，一千三百年的力量因此成為我隨身的依靠。塵世裡奔走匆忙，偶爾心煩意亂，只要情緒起伏稍大，我便凝望著御守圓珠裡的木紋，看它們宛如雲中菩薩，盤旋舞蹈，鼓瑟吹笙。那些隨意散落的姿態，也彷彿雲門舞集的「行草」，頗有波磔頓挫的意趣。看上去很美，就很可以療癒躁亂的心神。

很多人都同意，音樂是流動的建築，建築是凝動的音樂。東塔的形象是大小屋簷層層疊疊，節奏感鮮明。其建築主體為三重塔結構，每一層大屋簷都有外加裳階（這是附屬的裝飾裳層，類似小屋簷），因此原來的三重塔樣態看來就像是六層。藥師寺東塔塔頂的鏤空雕刻水煙號稱最美水煙，總計雕有二十四尊飛天像，呈現重複中有變化的音樂特質。藥師寺東塔被評價為「定格的樂章」、「凝固的音樂」，此說實在貼切。

有許多人和我一樣，是專程為了寫字抄經而來。不能是參拜然後抄經，我堅持先去抄經再入寺參拜，心裡會更加澄明如鏡。莊子說，最高明的人用心若鏡，心鏡可以照映具體的事物與現象，任憑現象自來自去，所以能夠應接擔負萬物而自己不會受到損傷。抄經寫字這件事，真像是在為自己打造一面心湖，以心湖為鏡，當湖面光潔明白，自然可以承載天光雲影的徘徊去留。

日本人把抄寫佛經稱做寫經，描繪佛像稱做寫佛，不論寫經、寫佛、雕刻佛像都具有無量功德，這些行動對佛法的流通傳播大有裨益。藥師寺抄經需收費兩千日圓（名目是納經迴向料），寺方將這筆收入用作寺院重建修復資金，集眾人之力幫助寺院原樣重現。

一九六八年，藥師寺管長高田好胤發願要復興白鳳伽藍（藥師寺創建年代白鳳時期的建築群原有樣式），普勸民眾來寺寫經，透過收費的抄經儀式來化緣，信眾也在這個活動裡安頓自己的身心。短短十年之間，眾人寫滿一百萬部心經，因此修復了主殿金堂。抄經活動沿續到今，抄畢的經文統一安放在納經庫。查了一下網路資料，信眾所寫的心經早已超過七百萬部，眾人願力所成，不僅讓藥師寺建築群原貌重現，並且還新建了玄奘三藏院、大唐西域壁畫殿。

我們從低調的側門進入，走向抄經處。夾道開滿紅、白兩色梅花，枝幹蒼勁敧側，牆面樹影歪歪斜斜，幽香微渺飄來，在似有似無之間。午後來此，陽光已經傾斜，加上冬日低溫，風一吹就容易感到頭暈。

到抄經所櫃檯繳費之後，寺方人員交給我們一張白色紙券，可憑此券通行寺院驗票口，不必再另購門票。藥師寺抄經久負盛名，此處抄經所比我之前去過的日本抄經空間都來得寬綽，至少可容數百人一起寫經。

雙手塗香，跨過香象（大象形狀的香爐），我們各據一方矮桌，靜心抄寫兩百六十字的心經。藥師寺抄經依循古制，筆墨紙硯大概就如唐玄奘法師譯經時所用的那樣。光是用墨條磨墨發墨，就足以磨練心性。案頭的水滴小巧可愛，是一只微型透明玻璃壺。水滴又叫水注、硯滴，是儲水容器，一次可滴少量清水到硯台上，用來磨墨。寫經用的是小楷，一次不用磨太多墨，水量少許即可。

這情景忽然讓我想起國小初學書法的時光，文房四寶齊備，大、中、小楷毛筆各一支，臨的是入門款的顏真卿、柳公權書法字帖。那段有書法課的日子，晚飯過後我與鄰居章家兄弟一同習字。章家兄弟和我同校不同班，因為住家僅一牆之隔，常常玩在一起。章伯伯是外省退伍老兵，我不太能聽懂他的鄉音。章媽媽是排灣族人，沒事就喜歡唱歌。章伯伯教導方式嚴格，規定孩子每天必須寫完作業、練滿三大張九宮格才能自由玩耍。為了爭取更多遊玩時間，我每天攜帶紙筆到章家一起做功課寫大字，墨條硯台就不用帶了，同桌共硯即可。小學畢業後，與章家兄弟就讀不同的國中，往後歷經了土地重劃與建物拆遷，遂音訊不通。

國中以後的我，讀書寫字都是一個人，青春期該有的怪癖孤寂我都有了。字還是寫的，只是硬筆寫得比毛筆多更多。國、高中還是有書法作業，升學壓力卻讓我無暇享受寫毛筆字這種深具美感的活動，只求迅速交差了事。升上高中，國文作文起先還是規定以毛筆書寫，我懶得攜帶硯台等諸多器具，便用一個白色小碟子，注入現成墨汁，蘸來就寫。更懶的時候，直接使用自來水毛筆寫作文。近年來在日本寫經，大部分寺院提供的就是自來水毛筆。

一九九〇年代初期，是一個教育制度的過渡期，升上高二之後，作文改為硬筆書寫。我這一代人，似也從此捲入講求功效迅速的潮流之中，務實地累積人生裡有形無形的資產，與之載浮載沉了。

師大國文系在學期間，系上安排大一必修書法課，忘了是零學分還是一學分。早上八點到十點的課，眼睛根本還沒醒，軟趴趴的神魂駕馭不了大字，何況寫的是歐陽詢《九成宮醴泉銘》。大四必修國文教學實習，任課老師兼導師要求每天練一張大字，納入學期成績計算。此外，叮嚀我們自行安排時間去文學院空教室練板書，以免將來誤人子弟。規矩，章法，結構，秩序，這些美感特質我不是不能領略，只是年輕的我更容易被前衛與叛逆吸引。研究所時期，寫報告全面電腦化，寫字這件事竟變得很有古典美。如今日常生活除了寫板書，真的少有手寫機會。可能太懷念握筆的觸感，我有陣子瘋狂添購吸墨式鋼筆，用鋼筆抄寫各種經典，抄最多的當然是心經。當寫字只是寫字，毫無意圖毫無所求的時候，我反而更加喜歡寫字了。

置身藥師寺抄經所，現場有十幾個人各自專注寫經，此處大安靜，靜到我可以聽見其他人的呼吸聲，也可以聽到筆尖劃過紙張的聲音。一筆一畫慢慢寫，渾然忘記時間的流速。抄畢心經，卷末寫下願望、姓名、住所、日期，虔敬將經卷供於佛前，整個流程才算完成。

同伴艾瑞克因為旅程奔波勞頓頗有不適，抄經前神態略顯疲憊，寫字再怎麼輕鬆也算是體力活，有點擔心他撐不住。哪知道他從抄經所出來像是換了一個人，一副神清氣爽。寫經要維持專注，什麼雜念都不要有，或許這也是一種消除不舒服的方法。藥師寺寫經，讓我重溫磨墨之樂，想想覺得人生有諸多不可思議，無力抗拒，只能接受。好像唯有先接受了，往前跨出去的腳步才會更加踏實篤定。

結伴同遊是一種緣分，可以一起進寺院抄經的旅伴尤其難得。幾位一起抄經的朋友，個性都很隨和易處，因此旅途中即便偶有齟齬，也都能很快釋懷互相諒解，繼續把行程走下去。

玄奘法師是法相宗初祖，離抄經所不遠即是玄奘三藏院伽藍。可惜抄經當天三藏院並未開放，我與同伴便在門口合十鞠躬，深深禮敬。院內佛塔供奉玄奘大師部分遺骨舍利，上頭匾額題著兩個字：不東。讀過《大唐西域記》，其中盡是玄奘法師取經的僕僕風塵。法師當年矢志向西求法，發下一個誓願，若取經不成，寧可犧牲性命，也絕不東歸。見不東二字，內心激昂，細想那是怎樣的願力可以如此堅定，如此輝照後世。

從參道望向三藏院，門口有兩面石碑。右邊石碑刻著趙樸初所題之「大遍覺三藏」，「大遍覺」是玄奘法師的謚號，頌揚他遍歷各國學法，圓滿覺悟，弘揚佛法的事蹟。左邊則是「大唐三藏聖教序記」石碑，出自唐代書法家褚遂良的手筆，這也是許多初習書法者的臨帖範本。

離開藥師寺時，影子已經拉得很長，心裡一片安穩。寫字的最好狀態，是放掉自己，一心不亂。「下次再來這裡，一起寫字吧」，我對同伴說。同伴點頭說好。

當我說一起寫字吧，那或許也是一起修行的意思。

一起讀書吧

職人精神就是毛越多越好——讀《師徒百景》

鍛鍊技術常常是枯燥無聊的，但也唯有從日復一日的枯燥無聊慢慢累積，技術才有可能成為藝術。在京都看見的職人精神往往是這樣，一輩子做一件事，做到不問值得或不值得。持續保有熱情跟專注，就是對生活最好的回饋。

京都 Weekenders 咖啡位於停車場深處，沒有設置座位區。店招低調得不能再低調，豎立於樹影幽深的地面。小小的門扉後即是吧台，點完咖啡只能在屋外等候，咖啡師沖好了立刻奉上，讓客人各據角落立飲。看到媒體介紹，店主金子先生烘豆時需要長時間集中注意力，無法分心招呼客人，於是咖啡館營業時間很有限，只有Weekend，因而如此取名。現在聘請數名員工，營業天數得以增加，金子先生更可以專心去烘豆子了。我由衷喜歡這類「毛很多」（重視原則規矩）的店家，毛不夠多的人很難為客人提供好東西。

高雄谺咖啡也是這樣，很有講究的。店家安排客人入座，座位上送水點餐，不讓客人靠近吧台，每一個步驟都嚴明精準，吧台只能留給咖啡師發揮技術。一旦客人跟咖啡師講話，影響專注度，整杯咖啡就要報銷重做。有一次咖啡師覺得味道不如預期，竟然三杯飲料都不收錢，只收甜點的費用。連鎖店 Kafe D 對待咖啡的精神，亦總是帶給我類似的感動。

不急功，不近利，認真做自己喜歡的事，時間自然會提供回報。其中最深長的喜悅，往往只有自己知道。

只有自己知道的意思是，或有可能騙過別人，但始終騙不了自己。井上理津子《師徒百景：十六組傳技也傳心的匠人傳承故事》是我讀了會泛淚的書，職人身影刻畫甚深，那都是把職業當修行的故事。只有自己修行還不夠，手藝的傳承發揚，才是職人念念不忘的使命。

大多數百年老鋪講求世代相傳，用血緣關係締結職業命脈，《師徒百景》則讓我們看見了跳脫血緣關係的傳承。不論傳子或傳賢，能夠認真傳下去都好。一個好師傅，既要傳藝，也要傳心，「除了讓徒弟看背影，師傅也要運用理論口頭教導和心靈輔導。」此書把日本傳統技藝源流寫得簡明清晰，破除技藝封閉不外傳的舊工匠思維。書中十六組故事，呈現「非一脈單傳」的師徒面貌，沒有血緣關係的親近令我歡喜感動。

職業本是用以謀生的，混口飯吃的謀生太過現實很難有美感，《師徒百景》卻從職場謀生之事挖掘出蘊藉之美。我想，是因為這些現場這些技藝都背負著文化使命吧。造庭師、寺廟畫師、文化財修復師、江戶玻璃雕花、英國皮鞋師傅、社寺木工……，他們的故事不只是工作，還可能是心靈史、文化史。

佛像雕刻師松本師傅說，他在雕佛像時自然會看見佛陀。當自己凝視木塊，佛陀就住在木材裡。心裡沒有想著做出佛陀，而是把木塊不需要的部分一片一片削除，佛陀就在裡面。他認真地表示，佛陀真的活著，雕刻佛像是讓佛陀借用人的姿態誕生。溫柔的他為了不讓木頭感覺疼痛，雕刻刀削的動作會很輕很輕，木頭好像會跟他說，削掉這裡吧……。讀到這裡，我想孤獨的職人其實並不孤獨，他工作當下正是在跟所愛之事進行深刻對話。

很想跟高三學生分享《師徒百景》這本書，在選擇職場時可以藉此想像，這件事能否熱情專注地做下去……？如果可以，那真是太好了。

真是太好了，這個世界上有這麼多職人，這麼多淵遠流長的故事。

因為一切終將結束——我的戀愛必修課讀本

我的戀愛自習課，開始於認知什麼叫做結束。明白一切會有盡頭，說的是人生，也好像是愛情。愛情的盡頭，可能是生離，可能是死別，過程再怎麼曲折離奇，無非是想要求個始終。年輕的時候常常預想，愛到天起涼風，夜空綻放流星雨，因為種種不可抗力的理由，兩個相愛的人終究有分開的時節。

最早意識到這樣的必然，是高中畢業那年夏天。那個夏天來臨之前，幾乎每天手寫一封情書，投遞給熱戀對象。兩地相思成為日常功課，兩個高三學生好不容易見面了，就一起騎著摩托車去西子灣看海。天空與海洋交接，潮水有層次地靠近、有層次地退去。有時從英國領事館俯瞰高雄港，很喜歡船船來來往往，每艘船有它自己的遠方。為了把當下凝結為永恆，我跟心愛的人在手帕上用簽字筆寫詩，繫在港灣旁的樹枝上。殊不知夏天還沒過盡，一場颱風吹斷整排路樹，過一陣子滿地瘡夷都收拾乾淨了，手帕當然也不知去向。這應該是一則預言吧，往後的日子，不知道要重複多少次諸如此類的，愛的徒勞？

又或許，一切看似徒勞，但可能未必。

上個世紀末，經歷過幾次分手，聶魯達（Pable Neruda）詩集《二十首情詩和一首絕望的歌》（*Veinte poemas de amor y una canción desesperada*）教會我希望與絕望。因為一切終將成為過去，我必須依靠活生生的身體去愛，也被愛。愛不僅是一種靈魂震盪，也是一項體力活。真誠愛著一個人，為心愛的人寫詩，那份癡迷跟勇氣彷彿可以使用很久，彷彿不會輕易磨損。

只是，有些時候感情異常薄脆，像太過高貴的紅酒杯，一碰就碎。愛情關係在時光裡發酵變質，或許從情人變成路人，或許從情人變成朋友，或許從情人變成家人……，這一切除了接受，還有什麼其他辦法？研究所求學期間，翁鬧筆下天亮前的戀愛、三毛的撒哈拉故事、沈從文家書，都是我的愛情自習教材。我毫不保留地打開身體與靈魂，敞向一個新奇的世界，渴求相依相伴到永遠。

曾經那麼相信，永恆不變是觸手可及的。文學就是把瞬間變成永恆的魔術。

安東尼歐．斯卡米達（Antonio Skarmeta）的小說《聶魯達的信差》（*El cartero de Neruda*），改編拍成電影《郵差》（*The postman*）。電影情節的推展，跟聶魯達的流亡有關。郵差馬利歐長期為島上的聶魯達送信，因而奠定兩人的友誼。當馬利歐愛上年輕漂亮的碧翠絲，他懇請聶魯達教他寫詩，希望用詩歌獲得碧翠絲的芳心……。看了電影，此後有好幾年的時間，《郵差》電影原聲帶是我的睡眠音樂。床頭音響裡CD轉動，聶魯達的詩宛如西子灣的潮水，讓我覺得安心，覺得一天可以這樣結束真好。CD裡，不同的朗誦者詮釋聶魯達的詩，各自傾訴虔敬、熱切、欲望、徬徨，完成愛情的甜美或憂傷。

《二十首情詩和一首絕望的歌》跟《郵差》電影原聲帶，是我青春的戀愛必修課讀本。其中有聽覺的舒服，想像的幸福。與戀人身心交融之後，我也喜歡有《郵差》電影原聲帶陪伴。

畢竟，愛很耗力氣，越深的愛越是。這不也真像公園裡的兒童無目的追逐奔跑，必須把力氣用盡，才能好好休息。愛得越用力，越可以好好休息。聶魯達當時給予我的人生啟示是這麼說的：「如今我確已不再愛她。但也許我仍愛著她。／愛是這麼短，遺忘是這麼長。」

我收集過愛的傷痕，像在收集勳章，忍不住要感嘆，遺忘是這麼長啊。

讀《我的文青時代》

閱讀《我的文青時代》，標準配備是一副全罩耳機，消噪功能越強越好。外在環境太吵的時候，耳塞式耳機消噪功能不足，而且太過小巧，看不出宣示的意義。全罩式耳機一定要夠大，夠漂亮，才能彰顯跟世界對抗的決心。

緣於這份對抗世界的決心，自己的小時代也就變成了大時代，自己的任性也可以變得理所應當。

不然呢？文青就是任性呀。

週末南下高鐵車廂，各式各樣的聲音鏗鏘轟隆，我戴著耳機龜縮一隅，潛進蔣勳老師《我的文青時代》，像是沉入無聲的夢中。這本書收錄江湖初來的少作，並且附上凝視往日情懷的感喟，超過半個世紀的滄桑變化就這麼漫溢出來。

序文中，蔣勳老師提到《紅樓夢》裡少年賈寶玉厭煩一幫子只想做官的讀書人，他們世俗功利，偽善做作，「文青」寶玉於是給那幫人取了外號「祿蠹」（功名場上的蛀蟲）。我有點感慨，換個時空場景，滿嘴升學績效考試分數的人，不也是另一種型態的蠹蟲？賈寶玉正是典型「文青」，敢於做自己，敢於和主流價值背道而馳。蔣老師說，「文青」沒有這樣的見識和氣魄不配做「文青」，至少愧對三百年前的「文青」賈寶玉。於是蔣老師胡亂填了大學志願，在文藝世界裡看見自己的本真，活出自己想要的狂狷。

參照書中相片，嘖嘖不已，原來五十年前那樣做文青，姿態是那麼好看。當然，不同世代的文青有不同的好看。讓生命自由，是文青好看的原因。我喜歡好看的人，喜歡好看的人做出帥氣的舉動。當世界太醜，文青有義務貢獻自己的好看。

這陣子接獲最文青的任務，是參加高雄國際詩歌節。在自己的故鄉，朗讀一首穿越時空的詩。詩裡的情境是一九四五年的台灣，我化身為一個兒童，回到那個遙遠的過去。回到過去，但詩的名字是未來號。我有一架紙飛機，未來號是它的名字。

人類擁有時間意識這件事，讓我深深敬畏。過去的蠢事，往往在當下、在未來有了翻版。人類太知道什麼是教訓，也太容易知道什麼是徒勞。幸虧有文學跟藝術讓我感到安慰，即使生來徒勞，也還有讓徒勞增加一點美感的機會。

高雄國際詩歌節睽違十八年，於二〇二三年十一月舉辦。六十多位國內外詩人帶著各自的語言（情感的音樂）來到高雄，南腔北調，比手畫腳，詩意發生之處，詩與世界沒有距離。

國外詩人來台灣，大會為他們準備即時翻譯，翻譯者的聲音透過耳機傳遞，語言轉譯過程得要停頓一下，才傳來心領神會的笑聲。一層一層地翻譯來，一層一層地翻譯去，心情是樂音而不是噪音，沒有誰需要為誰消音。把好聽的聲音分享給彼此，是國際詩歌節帶給我的禮物。

俯首沉思，文青的存在意義，或許在於扮演翻譯者的角色。翻譯著日月星辰，翻譯著高山大海，翻譯著存有或虛無，到最後發現，我只需要翻譯我自己。

想要抵抗什麼的時候，我戴上消噪耳機，向世界翻譯自己的願望：日常再怎麼瑣碎徒勞，有了想像之後，一切都挺美的也都挺好的。

野边地

《城北舊事》出版的那一天，我急著去超商取貨開箱，買了幾本簽名版。迅速開箱，扉頁上的簽名像是在跳躍飛翔。讀完之後，勾起一些記憶，想起身體初初解嚴的那些日子。那些不值得告訴別人的事，自己是沒有勇氣寫出來了。看著郝譽翔老師《城北舊事》降落在青春領地，有時陰鬱有時狂放，我腦海總浮現某個青森縣內小車站的名字：野边地。

在野边地，我的目的是換乘，不會多作停留，時間到了就轉車往下北半島前進，終點是恐山。

然而，總是在那段停留的時間，情緒異常洶湧，做什麼都不對勁，只能把往事拿出來晾一晾，曬一曬。

《城北舊事》裡的往事，因為加上濾鏡顯得特別好看。其中有一篇〈暴雨將至〉，可以與郝老師早前的〈青春北淡線〉參照對讀。一段時光，兩種寫法，真的是兼美，各有各的精采。〈暴雨將至〉寫列車上的偶然相遇，青春飛奔於黑暗的一雙小愛侶，我無比喜歡那十六七歲的莽撞。或許因為我也曾經那樣，被黑暗幽深神祕吸引，然後渴望一陣狂風暴雨。也喜歡沙崙海灘的煙火意象，放完就是放完了，像青春電影的慣用語，「青春是拿來懷念的」。

我在高三課堂上介紹何謂文氣，朗讀的是〈暴雨將至〉。三十多年前的北投關渡淡水，我無緣得見，只能透過書中文字想像那一片邊遠情境。我尤其感慨，現在的高中生實在太乖了，因為各式各樣的議題教育疊加，各式各樣的道德感化形成了規訓與戒嚴。私以為，那是身體跟思想的新戒嚴。體制裡有太多規則標準要服膺，腦袋裡有太多政治正確要奉行。人怎麼就這樣，越長越沒元氣，越長越像了。

〈病梅館記〉的時代困局，我真是要到近幾年才有類似的深切的感觸。這個時代尤其可怕，不知道要跟什麼搏鬥，不知道要抵抗什麼。敵人已經化妝成最善良正直的模樣，告訴你這個不可以那個不可以，政治正確加道德正確地連評價美醜都不可以。

對於某些醜陋的人，只能在心裡暗自非議，不可宣之於口，不然一頂歧視的帽子就扣上來了。我偶爾為此感到煩悶。

因此實在太喜歡郝老師的這兩段青春回顧：

……從政治的公領域到身體的私領域都「解嚴」了，思想發生了根本性的變化，忽覺戒嚴前塵之荒謬，正是米蘭昆德拉《笑忘書》中所描述的生命情境。

彼時什麼都可以翻新，力求前衛，女性主義者喊出「只要性高潮，不要性騷擾」，主張女生宿舍也要比照男生宿舍也放A片。吾輩比賽大膽，寫情慾，挑戰邊界，質疑既有父權。反觀現在的女性，似乎不會在公開場合說出「只要性高潮」吧？唐捐說我們回到一個「新道德時代」，服膺在政治正確（例如健身喝高蛋白、轉型正義、環保愛地球）帶來的安全論述之下，這固然是時代風尚，沒有好壞問題；但我們當時是以「敗德」取勝，頹廢、放縱，喝酒狂歡縱欲，誰去泡高蛋白奶粉喝？

我想，戲劇《有生之年》也有一種不知道敵人在哪裡的苦悶，這個時代實在是氣氛穩（氣氛不好）。當我的世界是被安全論述建構而成的，我感到虛弱無力。但有段時間，我真的努力喝著高蛋白……。很謝謝《城北舊事》讓我暫時逃離當下，安心地保有自己的不合時宜，去到一個可以大吼大叫的野边地。

在顯微與放大之間，那些我想說的

如果一整個宇宙可以凝縮在一首詩裡，我想那是一件很美麗的事。

我喜歡的詩，讓我知道什麼是可以看見的，也讓我知道看見的背後還有許多看不見。我喜歡的詩同時讓我聽見——聽見在快與慢之間，專屬於詩人的呼吸與心跳。聽見詩人與世界對話，微言之中有大義，產生無窮無盡的回音。比如朱國珍的〈Nhari〉：「Nhari，Nhari——／太魯閣族語：快／快，貨櫃車／快開，火車快駛／沒鋪枕木的軌道，小米田／那邊再過去那邊，呼吸／除草劑，焦枯的青春。」以一種簡潔明快的語調，把我帶進思索的歷程裡。又好比鄭聿的〈普快狀態〉：「世界就是這樣／我也是這樣／成為一部分的」，詩裡以普快列車的行進狀態，暗示了生命的遭遇，任憑讀者馳騁想像。零雨〈頭城——悼F〉也是在講搭火車：「列車長來剪票了不知為什麼／他說了謝謝又說旅途愉快／而那正是我想對你說的」語言是這麼乾淨，將生命雜質過濾殆盡，透過極簡與留白運載暗示，彷彿此心之外再無他物。

只是，此心瞬息萬變，所遇都將成為遺跡。有話想說的時刻，在語詞裡讓世界顯微或放大，說得快一點或慢一點無所謂，那可能就是我最喜歡的，詩的模樣。

文體與風格的創造——再讀《流言》

我喜歡張愛玲的散文勝過她的小說，她散文裡那種有話要說的姿態，一方面有真心，一方面有修飾。經過修飾的真心話，加上特別的構句、斷句方式，讓張愛玲的散文成為辨識度奇高的品牌。許多人寫了一輩子，都無法具備這樣的開創性。張愛玲極年輕的時候已經把散文語言鍛鍊得出神入化，好像沒什麼東西形容不出來，這真讓其他努力寫散文的人不知該如何自處。

創作者通常厭惡他人的負評或差評，然而只要一發表、受人矚目，遭到批評是在所難免的。批評者的善意與惡意，騙不了自己，也騙不了同行。只是，創作者對此難免很受傷。《流言》有一篇〈自己的文章〉，即是在為自己的作品進行辯護。張愛玲認為文學理論出在文學作品之後，先有作品再有理論，向來如此。她提出「參差的對照」的創作手法，喜歡蒼涼勝於悲壯，「只求自己能寫得真實些」。或許這就是她跟魯迅本質上的不同吧。

跟人打筆戰都這麼優雅，徐徐圖之，大概只有張愛玲做得到。然而，她也自知刻意做作需要改掉一點，大概是珍惜評論者的善意吧。好好說話，有一番氣派，是張愛玲散文最讓我喜歡的地方。再讀《流言》，深深覺得哀傷，在我們這樣的時代，優雅已經越來越少，有樣子的人也越來越少了。

我亦曾有心愛的人——三毛的《回聲》與鍾曉陽的《細說》

年少時光真心喜歡某些人事物，然而喜歡的心情常常變成不願意說出來的祕密。

比較能說出來的祕密，最理想的形式大概就是成為詩。不懂什麼是詩的時候，詩意首先是某種音響效果，在青春的風裡敲啊敲的，在二十世紀尾端的國語流行歌詞裡遊遊蕩蕩。

一九九〇年夏天考上高中，在那個秋天寫下自己的第一首詩與第一首歌詞。加入校刊社，自學創作的歷程看似無中生有，其實都是默化於閱聽經驗。《回聲：三毛作品第15號》是我擁有的第一張CD，在〈夢田〉裡迴旋久了，開始想要寫些漂亮又好聽的句子。鍾曉陽的《細說》是一本詩文合集，其中的現代詩使我感到心靈上的親近，那是一種說不上來的契合。就像年輕的鍾曉陽提到，她讀現代詩偏愛楊牧和瘂弦，也說不明白是為什麼。

現代詩曾有一派路數，挪借移植外國詩歌技法意象，以拼貼晦澀、意識亂流為宗，近乎裝神弄鬼，像極了拙劣的翻譯詩。而我的文學養分來自唐詩、宋詞、《紅樓夢》，之所以喜歡鍾曉陽的詩，或許是在她的作品裡確認了文學血緣。從字裡行間依稀可以辨認，這個人可能深愛過哪些書。

那首名為〈紅顏〉的詩，後來改寫成傳唱不衰的〈最愛〉：「自古多餘恨的是我／千金換一笑的是我／是是非非，恩恩怨怨／都是我」。我私自以為，〈紅顏〉與〈最愛〉沒說完的故事，可以與《哀歌》這本小說相互補充印證。

「我亦曾有心愛的人」，這是鍾曉陽寫過的句子，可能也是我初初寫詩的一個重要理由。

去新疆或者不去

二〇一四年夏天，跟大學同學Y去了一趟北疆。沒有七劍，沒有天山折梅手，倒是真切地看見《臥虎藏龍》拍攝場景。也看見了綢巴巴的天山雪蓮、《西遊記》通天河的畫面，騎了一下午的馬兩股酸痛不已。

回來之後，讀到李娟寫的富蘊、阿勒泰，很想再去一次新疆。這個月最大的收穫，就是（重）讀了《我的阿勒泰》、《記一忘三二》、《遙遠的向日葵地》這些作品。很喜歡李娟寫新疆的動物，包括她那可愛又勇猛的媽媽。有一篇寫到，她媽媽有了新對象，開始保養臉部。李娟看著容光煥發的媽媽從蒙古包走出來，直覺那是「雞窩飛出金鳳凰」。

也喜歡李娟寫家裡的雞飛狗跳，她家的雞有迷人的笑容，狗兒「醜醜」很帥，狗兒「賽虎」膽小如鼠。媽媽養牛不為什麼，只為牛兒杵在那裡好看。人家遛狗她遛牛，甚至希望女兒騎馬去公家上班。

終歸是生活啊。生活的甜與鹹，是要與之共存才有滋味的。在新疆當了兩週過客，永遠只知道吃喝拉撒看風景，想著一些不著邊際的事。

回到自己的生活，我豢養種種都市生活可能發生的關係。餵養著一群可愛的孩子，不為什麼，養著好看，對世界有益無害，這樣就很好了。

這樣就很好了。歡樂與悲哀都是一瞬生滅的事。長久的是生活，因為我們逃無可逃，讓生命與無常打磨著自己的靈魂。

去新疆或者不去，都值得看看李娟筆下的洪荒開闊。如果Y想約我再去一次新疆，那當然是最好啊。

寫於二〇一八年六月三十去西藏之前

藝術的神通

二〇二二年年假前在池上穀倉藝術館，看到席德進一系列的人物油畫，每一幅都是有故事的臉。其中一幅是林婉珍畫像。畫中人盛裝打扮，背景是一片豔紅色。早先是在《往事浮光》書裡見過這幅畫，到了池上展場才看到真跡。

當時席德進作畫，並不知道林婉珍遭遇到什麼，但是極為精準地捕捉到一閃即逝的憂傷。因為讀過林婉珍《往事浮光》提及先生外遇之事，更能明白畫中為何流露那樣的神情。書裡有個小片段讓我印象深刻——林婉珍知道自己的丈夫跟女作家曖昧許久，輾轉得知丈夫曾問女作家喜歡夏天或冬天？女作家的回答很不尋常，她說夏天的時候我喜歡冬天，冬天的時候我喜歡夏天。聽到這樣的問答訊息，林婉珍也許覺得大勢已去，這一段婚姻已然無望。

在絕望之中努力維繫著表面的靜好無憂，是這張畫像捕捉到的祕密。當然，席德進並不知道這些事故與心情。他只是憑藉著藝術家的直覺，把眼前所見的形貌勾勒出來。這樣的直覺令我肅然，畫家一方面目視，一方面神遇，像是有神通。真誠到了極致，常常會感受到類似的神通，產生對世間萬物的洞察。

不一定明白因由，卻彷彿能夠洞察一切，這就是藝術的神通。

我還是不明白

年輕的時候讀《疑神》與《星圖》，像是走進太過燦爛的迷宮，那種閱讀的樂趣不是為自己尋找解答與出路，而是從不斷繞路與迷路的歷程擁有一些新奇的感覺。書就放在枕邊，睡前讀幾個段落，夢境裡於是常常出現楊牧的構句方式。好幾次，室友在我醒來後複述我的夢中話語，似乎像楊牧寫過的：「我躺在黑暗裡無聲地念著，來回依韻詠誦，為那節奏而感動。」據說，我說夢話最常出現的句子是：「我還是不明白。」

我還是不明白，為什麼《疑神》與《星圖》裡有那麼多生死流轉的叩問，有那麼多存在主義式的謎團。二〇二四年的開頭，重讀《疑神》與《星圖》，驚覺這是楊牧透過散文示現的內在風景、生命劇場。楊牧書寫的「此時此刻」當然已經都成為過去，而我卻總能打開任一頁，恣意進入那些「此時此刻」。《疑神》、《星圖》使我想起幾位已經離世的友人，永別的痛苦早已在時間裡得到平復，思念的形狀有時是雲，是潮汐，是月暈，有時是風，是露水，是溫潤的琥珀。這幾位朋友離世的年齡，恰好和楊牧寫作《疑神》與《星圖》的年紀相差不多。他們如果能和我再說說話，談論的話題應該也會是《疑神》與《星圖》力圖索解的那些困頓，或許還夾雜著莫名其妙的中年情緒，惘然，憤慨，感傷。

不久前才在問，花什麼時候會開。孰料春寒之後，我尋常足跡可到之處，山櫻花已經默默把自己打開了。

心花綻放的時刻——讀《萎靡解答之書》

忙碌了一整個學期，終於來到暑假的起點。

打開影音頻道，搜尋澎湖花火節、日本夏日花火的影片，一支接著一支看下去，很可以消除疲倦，不再感到萎靡。教育工作真正的累，常常隱藏在肉眼看不見的地方。教學相關事務不管再怎麼繁重，只要認真準備就可以從容應對。然而，這份工作最耗損元氣之處，在於情緒勞動。情緒每天起起伏伏，最難的是保持平靜。情緒勞動者容易感到心累，我看到一些長期累過頭的朋友，必須尋求醫學治療才能消解症狀。

疲倦的時候，我會將床頭的精油鹽燈打開，用滿屋子的薰香氣息讓大腦舒緩。搭配播放LOFI佛經，在搖搖晃晃的節奏中消融過度僵硬的自我。又或者冥然靜坐，點燃一支恐山線香，觀察香煙裊裊，其中藏有氣流的強弱升降，自己藉由穩定的呼吸吐納，回到當下。恐山香用石楠花製成，氣味甜美輕盈，象徵著堅毅與適應力。

學期末讀到《萎靡解答之書》，頓時覺得神清氣爽，心裡很多疑惑得到解答。現代人心裡有許多說不清楚的無力感，這本書提供許多安頓身心的技巧，為煩悶的生活提供解方。《萎靡解答之書》指出：「心理萎靡是一種感覺與快樂、樂趣脫節，人生缺乏目標感的狀態。」作者將萎靡分成六種「無」的狀態：「無力、無言、無我、無感、無意、無夢」，並且逐一找到對治之道，提供實用可行的小技巧。從萎頓中脫身，於是可以迎接這樣改變：「成為一個敢於相信的人／成為一個敢於感覺的人／成為一個敢做自己的人／成為一個敢於脆弱的人／成為一個敢說敢聽的人／成為一個敢於作夢的人。」

心理學家科瑞．凱斯（Corey Keye）說：「萎靡是一種停滯、空虛、因為無所事事感到的倦怠感。」他提出languishing的概念，《萎靡解答之書》將這個詞彙翻譯為「萎靡、心衰」。我想，「萎靡、心衰」狀態大概就類似日常用語中的「心累」。而健康積極的心理狀態稱為flourishing（意即繁花盛開的心理狀態），書中譯為「心盛」。在「憂鬱」和「心盛」兩個端點中間，夾著「中等心理健康」與「心理萎靡」兩種心理狀態。從心情不美麗的萎靡，走到心花綻放的時刻，可能相當平順也可能崎嶇不已。

《萎靡解答之書》由兩位作者合作寫成，結合了心理學與芳療兩種專業。蘇益賢是臨床心理師，書中的心理諮商理論架構，有助於讀者理解自身萎靡的根源性問題。唐京睦是專業芳香療法講師，擅長喚起讀者的感官知覺、情緒覺察，適時導入芳香療癒的概念。書中有理性的分析，也有感性的支持，心理學與芳療的結合，提供身心安頓的解方。看好看的東西，聽好聽的聲音，吃好吃的食物，聞好聞的味道，皮膚迎受美妙的撫觸，設想一種舒服自在的生活……，心可以比較不累。

五月底六月初，是玉荷包產季。手釀荔枝酒，這是屬於我自己的芳香療法，手作的那當下，也預約了暑假開瓶的心花綻放時刻。

一起看花吧

整個四月有一種美麗的殘酷。幾位朋友每天在網路上更新日本賞櫻行程，隨手傳來即時花況，時時引誘無法出國旅行的我。花開的時候不在現場，難免有些惆悵。幸好能夠駐站觀察一首又一首的短詩，詩裡有光影、有香氣、有花開的聲音，而且文字花況不會比那些高彩度的相片遜色。閱讀的時候，反覆播放郁可唯唱的〈路過人間〉，很喜歡「花花世界」這樣老套的比喻，也很喜歡台灣的風土條件使得四季都有花開，讓我信步遊走即可遇見一片花花世界。

在這個世界，繁華不過一瞬，一個人的生命再怎麼璀璨，終究也只是人間路過而已。我曾在心裡種下一株五色蓮，私自擬定的花語是：「此生已經足夠，不必再有來生。」這當然要感謝《華嚴經》的教示：「佛土生五色蓮，一花一世界，一葉一如來。」當下即一切，一朵花裡有整個宇宙的祕密。

詩當然也是，透過種種迂迴的暗示，心與物相映，一字一天堂。

當世界凝縮變成兩行詩、三行詩，這幾乎可以說是詩的極簡主義了。極簡不是什麼都沒有，什麼都沒有叫做虛無。極簡是納須彌於芥子，極簡是以大量的留白為底色，把瞬間感動安置其間，然後不得不這麼說，像極了永恆。

兩三行的短詩，易寫而難工，湊字數、行數容易，於精微中見廣大卻是無比艱鉅。這個時代，我們甚至可以請 Chat GPT 代勞寫詩。這項發明令我感到驚詫，當人工智慧可以代替人類寫詩的時候，我為什麼還要寫詩呢？跟 GPT 對話時，我開自己一個小玩笑：「請運用凌性傑的寫作風格與技巧，書寫一首以花為主題的中文現代詩。」GPT 五秒鐘之內如此回應：「花開之時／如同一個人的一生／有繁華和蕭瑟／有喜悅和哀愁／有盛放和凋謝／有開始和結束」。句型無誤，沒有錯別字。我想，若是再多設定幾個提問條件，比如運用象徵、隱喻、映襯這些修辭技巧來幫我寫詩，GPT 的創作成果會更嚇人。

Chat GPT 提醒我，不管自己能不能寫得比機器人好，我需要找到一個寫詩的理由。或許有一天，機器人可以寫得比我更好了，或許寫出來卻再也沒人看了，但我仍然可以為了一個美好的理由繼續寫詩。寫得好或寫得壞無所謂，當興之所至，有話非說不可，如此時刻我希望表達的形式可以是詩。只要我不抄襲、不模仿，只要那是自己創造的，而我樂在其中，這大概就是寫詩的理由了。（一方面悲傷地設想，或許以後文學獎競賽規範應該要加上一條——禁止用人工智慧來進行創作。）

即便個人智識有限，創造力有時而盡，享受寫一首壞詩的樂趣，享受胡思亂想語無倫次，那正是身而為人（而不是身為機器人）的特權。瀏覽一千多首以花開為主旨的短詩，彷彿欣賞了無盡的靈魂花火，一枚接著一枚綻放。那是此心與世界相遇的歷程，這樣的獨一無二，只有自己知道也很好。

不論以花為名或是未聞花名，三行之內必須見自己也見宇宙。除了直覺洞察，除了用眼耳鼻舌身意去迎接花花世界，看花似乎也常能看出一番道理。自開自落的花朵，究竟與此心有什麼關連呢？王陽明《傳習錄》說：「爾未看此花時，此花與爾心同歸於寂。爾來看此花時，則此花顏色一時明白起來。便知此花不在爾的心外。」我喜歡一時明白起來的時刻，心花朵朵盡是個人的覺知、瞬間的觸動。

諸多詩作裡的各式花開，可能是現象的顯露，可能是心事的倒影，也可能是想像的延伸。「我明明會開花／為何非要把我切一切／才叫蔥花」（惠民）這首詩寫得幽默詼諧，如果挪借這個思路來寫蛋花，應該也很清新可愛。「一場大火，吞噬了妳最後一個花季／灰燼中／我合十的手，開滿了百合」（謝祥昇）詩中用雙手合十連結百合意象，寄託告別的感思，言有盡而意無窮。「不想驚動太陽／披一身月光／將一生娓娓道完」（湛藍）則是將曇花擬人，進行換位思考，投射寫作者的心念。我喜歡心念與實相可以互即互入、彼此依存，詩句裡泯除此心和外物的隔閡，人不特別渺小也不特別偉大，人在世界中，世界也在自己心中。

鄭愁予〈寂寞的人坐著看花〉寫道：「擁懷天地的人／有簡單的寂寞」憑藉著一份簡單的寂寞，我們或許還可以擁懷什麼、珍惜什麼。也或許，寂寞的生活需要一點點感動，那就一起讀讀詩，一起看花吧！

附錄

與石曉楓的「文學相對論」

文學相對論一
——想起那些青春撩亂之詩

凌性傑：

親愛的曉楓，一直記得，念大學時最喜歡到國文系圖書室找你閒聊，把自以為是的手寫稿拿給你，等著被稱讚。偶爾會聽到你優雅地回應，喔有錯字。那時我也常對你的眼光提出質疑，感謝你的包容，不以為意。多年之後我們還能繼續亂聊、一起編書，是生活裡值得珍惜的幸運。關於品味這件事，我的好惡始終分明，跟你的頻率很相近，只是評價人事物可以多一點修飾了。之前讀到你寫金門的中學歲月，尚未集結出版的那些篇章（如唱遊課、國文課），八〇、九〇年代似乎像一系列的水彩畫，主題鮮明，印象深刻。

那一系列的青春回顧，相信那是你「刻在心底的名字」。文章裡曾經與你交會的人，不知道是否還有聯繫？

那是你最想重返的黃金時代嗎？經歷一些人情「事故」，才終於明白年少知交跟我說的，熟人跟朋友不一樣。

我很喜歡黃金時代、鑽石時刻、琥珀時光這些詞彙。記憶裡的寶石始終是寶石，似乎沒有任何變化。

石曉楓：

親愛的性傑，我剛剛非常珍惜地將你的新著《文學少年遊》讀畢，覺得閱讀的不只是文字，而是一段長長卻不曾變質的歲月，我想，你應當便是自己所謂「鑽石時刻」、「琥珀時光」的創造者吧？也許，每個人心裡都有一塊私密的樂土，但你在書裡反覆把這片樂土描摹復描摹，因為文學的滋養，青春歲月徬徨卻不孤單；即使孤單了，也不至於絕望。有時我想，這片樂土是否真能抵禦現實的搏擊呢？又或者那竟是一種逃遁？一種解脫？比起我來，你對書寫的信仰堅定多了。

你題字贈書時一貫圓圓的筆跡，就彷彿臉上恆常掛著的微笑，那麼溫暖而誠摯。學生時代我們在圖書室裡相逢的時光，凡此恆定美好的氛圍都留下來了，至於所謂質疑或包容，我竟是毫無印象。記憶便是如此，每一段值得回味的時光，都經過一定程度的美化。當年你的微笑固然是明亮的風景，但其實在求學兼任助教的時光裡，我的心卻曾是幽黯無比，人事轇轕無日無之，細碎繁瑣的行政讓人如籠中之鳥。我那麼想離開衷心嚮往的學術場域，而當時，是你所不甚欣賞的豐子愷拯救了我，他讓我看到在不同世代下，一位文人篤定堅持、意態從容的立身之道。所以碩士論文的寫作，其實是我對生命本質一次重新的反省與觀照，我們總是必須在閱讀裡自救，那是比回憶和書寫更深沉的事。

也因此，寫金門的中學歲月究竟意味著什麼？說來慚愧，對生性疏懶者如我而言，仍是源於故鄉《金門日報》副刊主編之邀稿，略作思量，我有了〈美術課〉、〈國文課〉、〈英文課〉、〈音樂課〉等系列小品的創作構想。有感於青春時代在離島的有限記憶，已如流沙般將要被捲走，我興起書寫的念頭，無非是為了抵禦遺忘。

然而那是我想重返的黃金時代嗎？在回憶的美好裡，其實我的美術課裡暗藏了技藝難達的悲傷，國文課裡有私戀的苦澀，英文課裡有對性格缺陷的過早體悟，而音樂課裡感受最深的，則是曲調背後的寒涼。不僅是中學時光，生命裡的每一段歲月，彷彿都曾有過蝕骨創傷，即使那銳痛已被時光磨鈍了，回味時心頭仍有微微的疼，在秋漸涼的午後。

凌性傑：

從來沒跟曉楓提過我那些青春撩亂的事故，往後大概也不會寫出來。在嘉義讀碩士班期間，我曾經是感情世界的背叛者，也曾經介入他人的感情，把苦戀發展成一項才華。就像某位女明星說過的，「好傻好天真」，她的懊悔我一直懂得。愛情有保存期限，青春也是，我把這些事件想像成琥珀裡的蟲屍，安靜封存就好。其中有一枚琥珀，是深深相愛的印記，但對方選擇了最習慣的人，割捨了最天雷地火的我。時隔多年才知道，對方那個「習慣」並不久長，很快也被割捨了。

沒有明天、只有當下的那種戀愛模式，再怎麼絢爛漂亮，最後都是燃燒過後的煙花碎屑。現在的我相信，那是腦部發育還沒成熟，才會一直自討苦吃。殊不知，吃苦根本無法當作吃補。況且有些事，吃再多苦也無法變得圓滿。

二十四歲到三十歲之間，每一次結束感情，就搬一次家。不斷地丟棄與逃跑，是無法再愛的病徵，也是無法安於生活的蒙昧狀態。感情的心居難成，文字世界（尤其是詩）始終是我可以依靠的家。很慶幸逃過了青春暴躁，畢竟真正的成長有時是很容易致命的，《文學少年遊》想要說的大概是歷劫歸來的心情吧。

石曉楓：

蔣勳寫臺靜農老師二十歲時，曾在夢中吟哦得句：「春魂渺渺歸何處，萬寂殘紅一笑中」，此句一擱六十年才接上。他因而發出那麼文學的提問：「青春的中斷的詩句，可以等六十年再續寫嗎？」中歲聞此，倒也別有所思所懷。所以，文章裡曾經交會過的人，是否還可能再有聯繫？有什麼最想回返的時光嗎？非常傖俗地以一小事回應你的提問，曾有一魔幻之年，青春時遭逢的愛人莫名皆來聯繫，有如何寶榮般提「不如我們從頭來過」者，有言「因為你懂得生活」故興起歸返之思者，有尾生抱柱般信守時光裡消逝的誓言者，但現世荒謬，錯過的如何再接續？人已改景已非，心境情懷識見莫非一無所長？我看待時光約莫如此，曾經的諸般痛感成就今日之我，所謂「鑽石時刻」、「琥珀時光」無不須經高熱高壓錘鍊、萬般切割打磨而成，鑽石因展示了生命的諸般切面而璀璨；琥珀則有了內裡那些千萬年前被樹脂捲入的昆蟲後，才更耐人尋味。所以，雜質與苦痛曲折了生命的深度與層次，變幻才是「鑽石時刻」、「琥珀時光」的奧義。唯今日之我不願再重返那些時光，現下已是最安寧的風景。

你題字「詩酒相逢，長似少年時」，我想那指的是始終醇淨的某種心境與永恆眷戀。在書裡，你寫國中、高中乃至於研究所時代，你的《文學少年遊》滿布青春氣息，那同時也讓我羨慕。年輕時讀白先勇的小說，無論寫歷盡滄桑的《臺北人》，或徬徨街頭的《孽子》們，乃至於《牡丹亭》的搬演，我看到的都是作家對於「青春」難以自棄的眷戀。長久處於中學校園裡，你仍有年輕的眷戀與感動嗎？而冷眼熱情看《男孩路》上的少年們，你又怎麼觀察不同世代的青春樣貌呢？

凌性傑：

青春中斷的詩句，能夠接續當然很好，如果無法接續，中斷也不可惜。現在，我喜歡「不可惜」勝過於「可惜」，此外也喜歡「已經」與「曾經」。

我無數次跟南海（男孩）路上的青年分享：「不要吃窩邊草、不要吃回頭草、不要自討苦吃。」因為感情裡這些最難吃的東西，我都吃過了。只是聽者藐藐，非得自己嚐過了，才終於驗證難吃是怎麼回事。一直希望，自己遭遇過的痛苦學生們可以倖免。但是再怎麼殷切叮嚀、口傳心授，經驗總得自行累積，即便有他人的生命史作為借鏡，可能還是會跟前行者犯同樣的錯。

青春不堪眷戀，每一次回頭都覺得膽戰心驚。曾經發生過的，我已經不後悔了。正在發生的，我希望可以慢慢品嚐，不管其中滋味如何。

上個世紀末，大學、研究所時期太過放肆，以為青春是拿來虛擲的，甚至拿來糟蹋也無妨。青春是一種時間感與精氣神相互融混的狀態，在那個狀態裡容易蓄電與放電。常在ＫＴＶ通宵達旦地唱歌，飲食無度，笑鬧狂歡。有一回騎摩托車夜奔阿里山看流星雨，清晨趕回民雄打工上課一整天，一群人沒有誰喊累。也曾呼朋引伴驅車墾丁，在無人的南灣沙灘上舉著火把跳舞。同伴想要推我入海，我說我自己來，為了不讓衣服濕掉，於是脫光衣褲縱身躍入海洋。月光照耀，浪潮起伏，我裸身奔跑，泅游，吼叫。

慶幸那時通訊不發達，手機沒有照相功能，數位相機也不普及，這些事偶爾在記憶的相紙上顯影，而且越來越模糊、越來越淡遠。

最近很愛「長似少年時」這句話。這句話前面另外加上一個敘事句或表態句，可能像極了一首詩。如果青春值得珍惜，我想那是因為有用不盡的天真、果敢、熱情。

曉楓做過哪些輕狂的事嗎？有沒有為了什麼感到後悔？

石曉楓：

學生時代誰不曾上山下海，熱烈燃燒著青春之火？我曾浪遊終夜，清晨時分才潛回宿舍補眠，卻被盡責的室友們好說歹說，從床上勸到課堂。階梯教室裡因遲到而被迫坐在第一排，然後……然後在後方幾十名同學的見證下，不敵睡魔侵擾，我在老師炯炯的目視中公然全程趴睡，這成為多少年後，同窗們仍樂此不疲，以為調侃之資的老笑話。而多年後，我仍有過彷如青春重回的魔幻夏日。北海岸之夜，海濤規律地拍打，聲聲入耳，柔細的沙淹沒腳踝，我把雙足埋在裡頭，感覺像被溫暖的手輕輕撫摸著。初執教鞭的我，仍幼稚地需要學生的安慰，我們在漆黑中嗤嗤嚓嚓燃點起仙女棒、大龍炮，夜空頓時輝煌了起來。有人躺在沙灘上喟然長嘆：「這才是人生」；有人想起早逝的生命：「他是我們燦如煙火的朋友」；有人問我：「你什麼時候會好？你不好的時候比較沒有距離感耶。」簡直重來的二十歲。

年少輕狂，每每以為放浪、恣肆、特立獨行才是瀟灑，抱著雖千萬人吾往矣的決心，去衝決網羅、去追求所愛，換來的卻是指導教授一句嘆息式的勸勉；「世間多的是烈性女子，卻少見剛性男子哪。」前日偶然在美髮沙龍裡重聽陳綺貞〈流浪者之歌〉：「我的雙腳／太沉重的枷鎖／越不過／曾經犯的每個錯」，中心動搖，恍然有夜深忽夢少年事之感，歌者唱著「撐住我／止不住的墜落」，然而在青春年華裡，誰不曾渴望過墜落的美感呢？我們以自由、誠實為最高價值，以不羈、潦倒為光榮，然而我們對「美麗失敗者」的理解卻何其膚淺，二戰後所謂垮掉的一代，那種「beat」背後的堅實信念，我們與其相差又何止雲泥？我們只一味想做不法之徒、想挑戰單調的主流價值，行事以即興為率性，卻往往傷人且自傷。中歲之後回首，終於幡然醒悟，當年所缺乏的，正是對他人的體恤、顧惜與尊重。親愛的性傑，中夜往事一件件思及，難道你從不曾升起這樣深深的懊惱與假想：如果當初能再沉著一些、細膩一些呢？曾經發生過的，真的能完全不後悔嗎？

凌性傑：

曉楓，我常常處於懊悔之中啊！只能盡量不要懊悔太久，那會干擾當下的生活。說也奇怪，能夠引發後悔情緒的，往往都是有意思的事。有些人常說「我於青春無悔」，這樣的狀態我難以想像。《親愛的房客》裡，莫子儀把懊悔、自責的角色詮釋得太好了，好到讓人心痛。我想，長久受困於懊悔，是一場精神災難。

我三十歲以前的心態很幼稚，美其名為青春，事實上是有點弱智。總以為做錯了什麼，大不了重新來過。《刻在你心底的名字》、《三十而已》這兩部戲，不約而同引用了這句話：「如果你給我的，跟你給別人的是一樣的，那我就不要了。」別人對我說過，我也對幾個不同的人說過類似的話，然後，說不要就不要了。還要鄭重宣告，絕對不會後悔。

我常在國文課跟學生掏心掏肺，有次不小心說了三十歲生日那天所做的事。三十歲，我心理上的青春期應該要告一段落，不能再繼續下去了。為了不再被懊悔所困，我鼓起勇氣，打了幾通電話跟自己傷害過的人道歉。我說，自己當時真的太任性、太沒分寸，現在很後悔做過那些傷人傷己的事，很對不起啊。當電話那頭淡然一笑，跟我說沒關係，我感到自己瞬間成年了，因為有了歲月感。學生聽完這件事，很直接地嘲弄我：「老師，你那天花很多電話錢喔？有沒有講到燒聲？」不無感慨地跟他們說：「希望你們的三十歲可以不用做同樣的事，可以比我更成熟。」唉，我於青春有悔。

大概是三十歲生日前後，自己的第一本詩集《解釋學的春天》出版，封存許多年少狂亂。在這本詩集裡，保留著最反叛、最有實驗意味的語言，從此之後，我再也不寫那樣的詩了。

親愛的曉楓，我在大風吹拂之日在金門遊蕩，看著高粱結實纍纍可以拿來釀酒了，想著這是你青春的棲居之地。也想著我至今最慘烈的兩次醉酒經驗，都是有你陪伴著，無比感激。感激此刻，美好的事物等待收成，有些事情可以拿來自嘲，有些事情不必再刻意解釋了。

——二〇二〇年十二月七日《聯合報》副刊

文學相對論二
——歡迎來到人生下半場

石曉楓：

無論有過多少青春的縱情與神傷，生命裡曾有過多少後悔與值得，終究，我們還是進入了人生的下半場。那麼，在這場對談的下半場，也換我來提問一下人生。我想從一部電影開始，正確地說，應該是指伊森霍克（Ethan Hawke）與茱莉蝶兒（Julie Deeply）所主演、時距長達十八年的系列三部曲。

遠在上世紀九〇年代中的《愛在黎明破曉前》（*Before Sunrise*，一九九五），二十來歲的男女主角在歐洲旅途中，有了一場浪漫的邂逅，即將於隔日分道揚鑣的兩人，經歷一夜漫長的維也納街頭漫步，臨別前相約半年後於原車站再見。爾後，生命中錯過的兩人，於二〇〇四年的《愛在日落巴黎時》（*Before Sunset*）裡，則演繹了三十多歲時在花都的重逢，成為作家的男主角傑西（Jesse）至巴黎進行巡迴講座的同時，終於與女主角相見。兩人從咖啡館走出後，又是一場漫長的街頭對話，臨了在席琳（Céline）的公寓裡，隨著歌聲款擺的她催促著傑西，該搭機返美回到妻兒身邊了。

直至二〇一三年的《愛在午夜希臘時》（*Before Midnight*），這對相戀長達十八年的銀幕情侶終於結為夫妻，還擁有一對可愛的雙胞胎女兒。相較於前兩部邂逅與重逢的浪漫，觀眾仍可看到兩位戀人充滿機鋒的對話，慧黠且幽默；只是進入不惑之年的人生裡，衰老、死亡竟已逐漸侵入情愛議題的討論中。

整部電影從夜晚的飯店場景之後，開始陷入難堪的爭吵與現實的暴露，傑西的浪漫骨子裡潛藏著大男人主義，席琳的聰慧裡則摻雜了令人難忍的霸氣，生活中種種瑣碎的爭執一件件被揭示，除了母職問題的討論外，尚有其他龐大、複雜、難解的問題，兩方對彼此自私、任性的指責與怨懟令人難堪，男女對立的論辯也逐漸令人不耐。但一切又是如此日常，日常到讓我們必須相信，這就是人生，「雖不完美但卻真實的人生」。

作為與主角年齡設定頗為接近的一代，我是幸運的。二十來歲時，我們與銀幕裡的兩人共擁青春的勇氣、浪漫與自信；三十來歲時，我們也同步經歷了生命的滄桑、遺憾、追求與修補；而到了四十來歲，補綴過的人生卻還有無盡待補綴的命題，它們如蛛網纏繞，你只能在微笑、自嘲中坦然面對。

我曾在觀影的當時，祈願自己還能繼續與五十歲、六十歲、七十歲的傑西和席琳重逢，期盼仍能在銀幕世界裡，看著他人的人生，從而得到自我繼續前行的氣力。那一場場城市裡的街道漫步與長談，難道不是生之途的微妙隱喻？再一個九年又即將來到了，不知這一回，席琳與傑西又要演繹什麼樣的人生？我只知道這段時日裡，眼見初老的朋友們，有人依然宣稱自己是「後青春期少女」，有人自嘲已開始飄孀味，有人致力於鍛鍊熟女的美好人生。親愛的性傑，到了這樣的年歲，我們到底應具備怎麼樣的特質？又該如何抵擋，或抵達自己呢？

凌性傑：

這時忽然想起電影《年少時代》（*Boyhood*），一個從男孩變成男人的故事。看電影的時候，我隨著男主角梅森重新經歷了童年、青春期以至成年。有很多時刻，我按下暫停鍵，仔細端詳梅森的父親母親，很能同情那些中年處境。人生下半場，只能繼續負重前行。

四十歲生日，給自己買了一支萬寶龍限量筆，名字叫做達文西。那時想像一筆在手，自己就可以像達文西那樣開創一些什麼。四十五歲生日前夕，去辦了一張健身房的三年期會員卡，希望藉此重新發現自己。看完網路上的劇集《三十而已》，我覺得人生有「而已」真好。擁有「而已」這個咒語，像是可以為世間萬物施法了，也可以幫自己定心。劇中三個女主角在三十歲生日左右遭遇大事，我很喜歡戲裡面的許多金句，例如：「二十歲追求的是樣式，三十歲追求的是品質。」「唯一不擔心後路的方式，就是把前路走得更長些。」很期待往後可以說五十而已、六十而已、七十而已、八十而已……。中年開始健身，為的是可以優雅地老去。

對我來說，所謂中年況味，大概就是處變不驚吧，因為許多驚駭早已經事先設想過了。從健身房出來，立即補充醣類、蛋白質，偶爾犒賞自己一小盞威士忌。朋友跟我說，健身是一種六親不認的運動，限時完成一套又一套的重量訓練，專注於身體，一切得獨力完成，各種酸痛與增長只有自己知道，多像人生的本質。

喝著白州，想起火逆期間，我去的那家健身房頗不平靜。暴力事件主角不是男性，而是樂齡姊姊。第一件發生在女性三溫暖的烤箱，有一位年紀六十左右的女士在烤箱內擦抹乳液，引發爭吵，於是赤身裸體地朝對方又抓又打。第二起比較驚悚，曾經上了平面媒體跟電視新聞。主角姑且稱為貓女。某個晚上，已經喪失會籍的貓女抱貓來健身房，工作人員請她帶貓離開，她忽然情緒炸裂，大聲吼叫咆哮。有個外籍男教練上前處理，貓女要旁邊的女教練幫忙抱貓，女教練不肯，貓女遂把貓摔在地上，開始追打男教練，男教練被抓得渾身是傷。後來貓女脫去連身衣裙（裡面沒穿內衣褲），在偌大的健身空間奔跑，干擾其他人。最後大絕招是，就地躺下，下體朝上，露給眾人看。警車、救護車在半小時後抵達，強制送醫了結。（我關心的是，那隻貓呢？）

親愛的曉楓，這些事使我發覺人生的艱難——難的是調伏躁亂，難的是跟世界保持一點美好的距離，難的是好好了斷某些關係。少年絕交，常因為不懂珍惜。中年絕交，往往是有了智慧。有朋友告訴我，他與某人「已經不往來了」，我想起臺靜農先生詩句「分明恩甚成輕絕」，自己身上忽然飄出中年味。

優雅的曉楓，你會怎麼想這些事呢？

石曉楓：

事實上我一點都不優雅，性格本質甚至是暴烈的，但卻相當害怕生活裡存在著難堪的怨懟、失控的謾罵。十七、八歲時，與友人曾因誤會而在台北街頭相談不歡，當時友人動手扯我的提袋，包包裡的筆記本、書籍、紙筆，以及，衛生棉，因此散落一地，路人紛紛駐足圍觀，那一幕慘劇到如今仍歷歷在目，雖則我與對方早已一笑泯恩仇。掉落的衛生棉讓我不斷回想起街頭那個臉紅的少女，即使現今的自己早已理解到，那並不可恥，但無來由地，你就是不能放過那個曾經狼狽的自己。一件小事成了抹不去的印記，更不用說其後歲月裡，經歷了多少生命歷程的長久之傷。

既然有些傷痛避無可避，那麼在可能範圍內，能閃則閃吧，這反映在交友關係裡。對於「氣味相投」這回事，我絕對好惡分明，遇上調性不合偏又必須時常接觸者，為了免於臉上表情洩漏一切，或不小心飆罵的尷尬，怯懦如我通常選擇走避，能不見一回，便少見一回。中年絕交的智慧我還沒有，不敢輕言絕交，也說服不了自己，還走不到坦然自適的生命境界。

這讓我想起一位極有繪畫才華的朋友，我們同窗十餘年，偶然聽聞他落腳於中台禪寺，再見面已恍如隔世。原來法師當年念的是藝術，畢業後也一直隨興做自己喜歡的事，對人生困惑時，便出走旅行去找尋自我，「但是你知道，旅行之後再回來，然後再出走再返回，這樣的循環是沒有用的。」他說原只在偶然機緣下往精舍學打坐，學了三年後，次第放下房子、菸酒、情感等執念，清淨種子漸起，自然而然便出家。

那是俗障多深的年少時代啊，他卻早已從反對運動的參與者，抖落了一身塵埃上山修行。他業已一念成佛清靜自在，我卻仍是塵心可議俗障難了。

執念要放下何等艱難，所以如何調伏躁亂、如何了斷割捨？我還在學習。中年以來，做得更多的恐怕是「重拾」，拜網路社群媒體之賜，在某段時間，同學會成為中年人最時興的話題，雖然還不到杜甫「訪舊半為鬼，驚呼熱中腸」的年歲與驚心，然而老友晤面，前塵往事也漸有不堪回首之嘆。年輕的時候，大約關注的無非情愛與未來；友誼，好像有無盡時間能夠慢慢再經營。如今到了回頭看的年紀，這才看出了自己昔時的冷淡與匱乏：冷淡於關懷、匱乏於付出。慚愧的是，老友們卻始終熱誠給出不求回報的友誼。

雖然中心赧然，然而卻總有雙旁觀之眼，提醒我現今的重逢，不過是由昔時玩伴的模樣聲口勾勒回往昔，然後拼湊起每個人之後這樣那樣的人生。我們的腦內小劇場很有戲，熱中於真實與虛構間的言談與想像。然後忽爾有一天，會不會我們對這個那個的人生又失去興趣了？然後一切又乏味了、又沒勁了。人到中年更應有友朋交遊，生性疏懶冷淡如我，如此怠於維繫人際關係，大約要孤獨終老了。

但現今我焦慮的並非如此，因為現實生活裡，我仍傾向於建立關係不多卻深刻的友誼，他們總能在關鍵時刻拉我一把，或彼此給予心靈的慰安。比如面對老去的思考：不僅是自我的，更多是父母的衰老、照顧與陪伴，這是中年人最必須直面的課題，不知性傑如何看待？

凌性傑：

我喜歡「重拾」這個概念，那是延續往日美好的方式。說實話，我一直不相信破鏡重圓、重修舊好這樣的話語，當破壞已經發生，這當下最極致的善意很可能是彼此緘默、不念舊惡而已。我曾遭遇造謠、中傷、算計，做這些事的正是我溫厚對待過的人。許多「決定性的瞬間」已經刻下印記，人際倫理有了裂變，我唯一能做的是清理傷口，靜待結痂癒合而已。畢竟，錯誤一旦造成，再多的道歉、彌補，都不可能讓情感安好如初。於是，我佩服能夠妥善處理誤會、了結恩仇的人，更佩服心念澄明沒有掛礙的人。

讀了張愛玲死後二十五年「被」公開的書信集，覺得私訊曝光實在太恐怖。現代人常做的截圖外流，尤其令我毛骨悚然。宋淇、張愛玲書信中的真心話，讓我明白人生的真相有許多不堪入目的地方。如果沒有藝術化的眼光，如果不跟這些難堪保持距離，生活會很難熬。今年中元節普渡，我想回高雄老家趁機把涉及隱私的舊日書信都燒了。殊不知時間沒算好，回去時已經錯過普渡。

刪除掉這些不愉快的小疙瘩，我的中年時光其實很平和、很悠然，把時間花在值得的人事物上面。慢慢摸索才發現，繁複的人情裡，趨吉避凶之道就是只跟好人往來，只跟相處得舒服的人聚會。內心厭惡卻不得不如此的關係，以及虛浮的交接，應付過去就好。因此，更加珍惜身邊的好人，默默把責任扛在身上。我很喜歡「照顧」身邊的人，在來得及的時候盡力地付出。照顧到後來，不管有沒有血緣，能夠長時間同桌吃飯的都是親人了。有許多朋友、學生就是這樣成為我的親人，這使得生有可戀，心裡有牽掛。

親愛的曉楓，關於老與死的問題，我受益於上野千鶴子、芭芭拉．艾倫瑞克（Barbara Ehrenreich）提出的見解。上野千鶴子《一個人的老後》、《一個人的老後男人版》、《一個人的臨終》書裡有很多實用的生活技術，包括心理的調適、財務的管理、社會福利的照應。優雅地變老、優雅地死去，可能是現代人生命故事最好的結局。上野千鶴子提醒，老了之後可以沒有性伴侶，但一定要有可以吃飯聊天的朋友。慶幸我們都擁有一些質感絕佳的酒飯朋友。

芭芭拉．艾倫瑞克的《老到可以死》（*Natural Causes*），書名很聳動，副標題是一則強而有力的提問：「對生命，你是要順其自然，還是控制到死？」我很欣賞芭芭拉．艾倫瑞克的豁達，她說：「變得老到可以死了，是一項成就，不是挫敗，而這份死不足惜的自由，值得大肆慶祝。」我想，盡力而為，順其自然，這樣就可以了。

石曉楓：

親愛的性傑，真高興讀到你這些文字，有這樣的機會，讓對話與傾聽成為一種共感與分享，也是中年人該學習的功課。關於老的議題，你年紀比我小，卻遠比我豁達太多。有一陣子我常在探視父母途中，道遇郭強生，他也正在看望父母返家路上，我們笑稱這就是中年人的行進路線。從簡媜的《誰在銀閃閃的地方，等你》，到張曼娟《我輩中人》、郭強生《何不認真來悲傷》及鍾文音《捨不得不見你》，我在作家的文字與自我生活的實踐裡，一步步領會中年人生的轉變，一如你所言，各種酸痛與增長，確然只有自己知道。

在人生的下半場，或許我們真該亮出陳年檔案，按下滑鼠的「重新整理」鍵，認真地排序，什麼是可以放棄割捨，失去亦不足惜者？又有什麼是值得珍視，可以為之等待甚至退讓者？我們面對了更多照顧與承擔的責任，但也應堅持一定的優雅與尊嚴，這是大人品格與氣度的體現。

金門總兵署後院，曾有一株如鄰人般的百年老樹，年輕時我喜歡看木棉「啪」地一聲紅花墜落，有一種提刀上戰場的決絕，也有一種亮烈崩壞之美。但有一回同學提到，小時候乾媽總會撿拾木棉掉落的棉花，曬乾了好做枕頭，他回憶起這株老樹時的情調，竟是如此溫暖。同學又說了，轉眼人都老了，這株木棉還是充滿生命力。這就是了，它終究挺立如昔，表徵了一種剛強又柔軟的生命姿態。青春撩亂時代，我想，若能多點溫暖的體恤，何至於彼此決絕隔山岳？中年時分，思此木棉姿態，真真是別有滋味。

——二〇二〇年十二月八日《聯合報》副刊

麥田文學332

那些有你的風景

作　　者　凌性傑
責任編輯　張桓瑋

版　　權　吳玲緯　楊　靜
行　　銷　闕志勳　吳宇軒　余一霞
業　　務　李再星　李振東　陳美燕
副總編輯　林秀梅
編輯總監　劉麗真
事業群總經理　謝至平
發 行 人　何飛鵬

出　　版　麥田出版
城邦文化事業股份有限公司
台北市南港區昆陽街16號4樓
電話：886-2-25000888　傳真：886-2-2500-1951
發　　行　英屬蓋曼群島商家庭傳媒股份有限公司城邦分公司
台北市南港區昆陽街16號8樓
客服專線：02-25007718；25007719
24小時傳真專線：02-25001990；25001991
服務時間：週一至週五上午09:30-12:00；下午13:30-17:00
劃撥帳號：19863813　戶名：書虫股份有限公司
讀者服務信箱：service@readingclub.com.tw
城邦網址：http://www.cite.com.tw
麥田部落格：http://ryefield.pixnet.net/blog
麥田出版Facebook：https://www.facebook.com/RyeField.Cite/

香港發行所　城邦（香港）出版集團有限公司
香港九龍九龍城土瓜灣道86號順聯工業大廈6樓A室
電話：852-25086231　傳真：852-25789337
電子信箱：hkcite@biznetvigator.com

馬新發行所　城邦（馬新）出版集團
Cite（M）Sdn. Bhd.（458372U）
41, Jalan Radin Anum, Bandar Baru Seri Petaling,
57000 Kuala Lumpur, Malaysia.
電話：+6(03)-90563833　傳真：+6(03)-90576622
電子信箱：services@cite.my

封面設計　朱疋（Jupee）
電腦排版　宸遠彩藝工作室
印　　刷　前進彩藝有限公司

初版一刷　2024年8月
初版二刷　2025年1月

定價／390元
ISBN：978-626-310-714-4
9786263107397 (EPUB)

國家圖書館出版品預行編目(CIP)資料

那些有你的風景 / 凌性傑著. -- 初版. -- 臺北市：麥田出版, 城邦文化事業股份有限公司出版：英屬蓋曼群島商家庭傳媒股份有限公司城邦分公司發行, 2024.08
面；　公分. -- (麥田文學；332)

ISBN 978-626-310-714-4 (平裝)

863.55　　113008487